記憶喪失男拾いました

～フェロモン探偵受難の日々～

丸木文華

white heart

講談社X文庫

目次

イラストレーション／相葉《あいば》キョウコ

記憶喪失男拾いました

～フェロモン探偵受難の日々～

命名

才能なんてものは、どこにでも転がっているものなんかじゃない。

ましてや、努力で身につくものでもない。

欲しいから得られるものでもないし、いらないからといって、消すことなんかできやしない。だからギフトというのだ。神様から授かった贈り物だから、捨てたくても捨てられない。

夏川映《なつかわあきら》は、そういった、いわゆる「才能」というやつを数多く持つ男だった。

それは、旧華族の血筋であり、琴の家元である母から受け継いだ気品溢《あふ》れる琴の腕前だったり、日本画家の父から譲り受けた天才的な絵画の腕であったり、大して勉強をしなくても人並み以上の成績がとれる出来のいい頭であったり。

それらの誰もが羨《うらや》むような様々《さまざま》な才能に付け加えて、もう一つ、映には若干迷惑な才能までがあったりした。

「おい」

白い息を吐いて、試しに声をかけてみる。と言っても、返事があることはあまり期待していない。

「おー――い。んなところで寝てたら、死ぬぞー」

それでも、一応人に対する礼儀として、目の前にある危機への注意喚起は必要だ。しかし、やはり返答はない。

映は傘を差したまましゃがみ込む。足下には盛大に大の字で倒れている男が一人。

身なりは上等なスーツに仕立てのいいコート。少し癖《くせ》っ毛《け》でウェーブがかかった髪は、あまりその辺のサラリーマンぽくはなく、かといってホストのように軽そうなわけでもない、微妙なところ。パッと見は若い起業家風だが、とにもかくにも道路で寝ているので全くの正体不明である。

現場状況からして、雪に滑った跡があるので誤って転んだと見るのが無難だろう。ざっと観察してみたが外傷はなさそうだ。少し後頭部に触れてみると、瘤《こぶ》がある。頭を打っているのなら、体を動かすのは危険だろう。

「救急車呼ぶか？　おぉい、ニイサン」

確認のためにもう一度呼びかける。すると、ううん、と寝ぼけた声を上げ、男がうっすらと瞼《まぶた》を開ける。

「よかった。なあ、どっか痛《いて》ぇか」

「……寒い」

「ああ？　痛ぇの、痛くねぇの、どっち」

「寒いです」

言葉が通じない。

一体どのくらいの時間か知らないが、二月の往来で寝ていたんだからそりゃ寒いだろう。肌は青ざめて唇も紫、歯の根も合わずガタガタ言っているのは見ればわかる。むしろ寒いのはこっちだってそうだ、お前のせいだ、と言ってやりたい。がしかし、どうやら混乱している様子の相手に対して、ここで面倒な言い争いをするのは避けたかった。

今日の東京は雪である。それも、うっすらと地面を白く染めてすぐに消えてしまうような類《たぐ》いのものではなく、しんしんと積もっていきそうな牡丹雪《ぼたんゆき》。確か天気予報でもこの冬最も多い降雪量になると言っていたはずだ。

「仕方ねえなあ」

よいせと男の腕を持ち上げ、見るからに非力な細い肩に引っ掛ける。面倒ごとを背負い込みたくはないが、このままここに放置して凍死されるのも寝覚めが悪い。

意識を失った成人男性の重みには耐えられないが、一応目を覚ましたのだから少しそこまで進むことくらいはできるだろう、と映は踏んだ。

しかしちょっと持ち上げてみて、見た目よりも随分と重いのに舌打ちしそうになる。着

やせするタイプなのだろうか。身長もかなり高いからそれなりに重いのは覚悟していたが、これは結構骨が折れそうだ。

「ちょっと頑張って歩けよ。ここじゃ寒過ぎっから」

「どこに行くんですか」

映は目の前の古ぼけた雑居ビルの二階に顎《あご》をしゃくった。窓に大きく『夏川探偵事務所』という文字が貼《は》り付《つ》いている。

「俺の事務所。あんた、人の仕事場の前で大の字になって倒れてたんだよ」

「ああ、そうだったんですね。すみません」

「別にいいけどよ。変な目にあうの、慣れてるから」

夏川映にはたくさんの才能があった。芸事、勉学、スポーツ、軒並《のきな》み何でも器用にこなすことができた。また生まれ持った容姿も才能というのなら、見目のいいのも才能の一つだろう。

それに加えて、映には余計な才能もあった。

幼少の頃から、人に話せば嘘《うそ》だ作り話だとしか言われないような類いの目に散々《さんざん》出くわしてきた。

それは珍妙な人やモノを引き寄せるという、まるで生粋《きっすい》の芸人体質のような、わりといらない才能であった。

＊＊＊

「紅茶でいい？　っていうか、うち紅茶と日本茶しかないけど」

「あ、はい、おかまいなく」

「そこ座ってろ、って、ちょっと待て」

「はい？」

「頭打った衝撃でクソとか漏らしてねぇだろうな」

「……セーフです」

「ならいいわ。座ってろ」

　夏川探偵事務所は１ＤＫに、ぽつんと置かれた事務机とパソコン、そして来客用のソファと硝子《ガラス》テーブルがあるだけの全く殺風景な空間である。

　映は男をソファに座らせ、寒い寒いと言うのでその辺にあった毛布をかけてやる。映自身も寒がりなので、光熱費の節約のため、この時期毛布や湯たんぽの類いは欠かせない。

　頭の瘤には、冷凍庫に溜《た》まっていた保冷剤を手拭《てぬぐい》に包んで巻いてやる。入手経路は主にデパ地下総菜に付属してきたものだ。映は全く料理をしないため、食事は全て外食か買ってきた弁当や総菜。そのせいで、この手の保冷剤やビニール袋が溜まりに溜まる。捨てしまえばいいのだろうが、たまにこうして使うこともあるので、何となく惰性で取っておいてしまう。

「それにしても、捨て犬捨て猫は拾ったことあっけど、さすがに人間の男は初めてだわ」

「いえ、多分、俺は捨てられていたわけではないと思うんですが」

「冗談だって。まあでもあんたがまともな服着ててよかったよ。素っ裸の男が事務所の前にいたら、さすがに今じすら底辺な評判が地下三階くらいまで落ち込むからな。クソでもされたら地下五階だ」

「クソネタ好きですね……」

というよりも、この天候に裸の時点で死亡フラグだ。

映は湯気《ゆげ》を立てる紅茶のカップを二つテーブルに置き、自《みずか》らも向かいのソファに腰掛けた。男はありがたそうに、両手をカップに添えて手を温めている。うっとりと目を細める様子が、まるで大人しい大型犬のようで、映はふと、昔実家で飼っていたゴールデン・レトリバーのことを思い出した。

「お礼が遅れましたが、ありがとうございます。あのままでいたら、命も危なかったですね」

「いや、それはいいって。言ったろ。慣れてるって」

慣れてる？　と男は首を傾げる。

「多いんだよ。変質者に目ぇつけられんのもしょっちゅうだけど、その辺歩いてればホイホイ妙な人間釣れるし、面倒ごとに巻き込まれたりすんだ」

「それは大変ですね。俺もその面倒ごとの一つというわけですか」

「その通り。で、あんたの名前は？」

「そんなに難しいことを聞かれても」

「いや、難しくねえだろ。自分の名前だぞ」

「難しいです。俺も先ほどからずっと考えているんですが、全くわかりません」

なるほど、どうやら頭を打って記憶に障害が出たらしい。それにしては狼狽《うろた》えた様子がなく、限りなく色々と怪しいのだが。

「記憶喪失ねえ。ベタ過ぎて面白《おもしろ》くねえな」

「そうですか……すみません」

「いやいやいや、ていうかそれ本気？　本気でわかんねえの、自分の名前」

「はい。名前もそうですが、全部。自分のことが全部わかりません」

「へえ。じゃ、何で俺の事務所の前にぶっ倒れてたのかもわかんねえの？」

「はい。気づいたら、美少年が目の前に」

「美少年？　俺か？」

頷《うなず》く男に、映は苦笑する。

「美はいいとして、少年じゃねえし。俺は立派な成人男性。もう二十六歳だよ、ニイサン」

男は目を丸くして映を見た。

確かに映は実際の年齢よりも随分下に見られることが多い。辛《かろ》うじて身長百六十センチの華奢《きゃしゃ》な体格もさることながら、顔の造りが幼いのだ。

顔全体の寸が詰まっていて、頭の鉢が小さく、帽子《ぼうし》は軒並み似合わない。目は大きく垂れ気味で、鼻と口は摘《つま》んで作ったように小さい。芸能人の誰それに似ていると例えられるよりも、子猫のようだ、とよく言われる。

長めの前髪を中央で分け頬《ほお》に垂らしているのも、ややユニセックスな雰囲気で、年齢どころか性別すらもわかりにくくしているところがあった。ただ、今時珍しく着物を着ているために、帯で男とわかる。

今日の映は紺色の袷《あわせ》に若草色の羽織《はおり》、白地に黒い横縞《よこじま》の入った帯と随分渋い出《い》で立《た》ちだ。スーツ姿になれば間違っても少年とは言われないのだろうが、和装という、現代においてはややコスプレめいた服装のために、映は一見して正体不明な、不思議な雰囲気を漂わせていたのだった。

男はやや無遠慮な目つきでじろじろと映を眺めた後、ふむ、と納得したように頷いた。

「なるほど。言われてみれば、少年にしては世に擦《す》れた顔をしていましたね」

「てめえ。助けてもらった奴にそういう口きくかよ」

「すみません、失礼しました。俺も混乱していて」

「あのなあ」

男のいけしゃあしゃあとした様子は、とても混乱しているようには見えず、どちらかと言えばかなり冷静である。

「まあ、仕方ねえけどさ。あんた、マジで名前わかんねえんなら、どうすんだよ。鞄《かばん》は持ってねえっぽいけど、ポケットに名刺とか入ってねえの。カードとか」

「現金だけでした。ということは、どこかここの近所に住んでいて、軽く買い物にでも出てきていたのでしょうか」

「知らねえよ。俺に聞くな」

身元のわかるものを何も持っていないとなると、今この場ではお手上げだ。これからどうすんだマジで、とぼやいて、ふと映は男の顔をじっと見る。

成人男性なんぞの顔面をじっくり見る趣味はないので気づかなかったが、男はかなりの美形である。身長は百八十はあるだろうし、さっき運んで気づいたが、すらりとして見える体は実はかなり筋肉質だ。日常的に体を鍛えているのだろうか。

年齢は恐らく三十代前半。記憶喪失の影響かわからないが（またその記憶喪失自体が本当かどうかも定かではないが）二十代の若者にしては言動が老成しているし、肌質は若いけれど社会生活でそれなりの苦労をしてきた落ち着きがその顔つきや物腰に滲《にじ》んでいる。だが、三十代半ば以降と見るには、まだ外見が青い。

顔立ちは文句のつけようがなく端正だ。高い鼻、形のいい薄い唇、どちらかといえば細《ほそ》面《おもて》の美しい顔立ち。何よりその涼しげな目元は上品な癖にどことなく猥雑《わいざつ》で、これはかなり女食ってんな、と映は勝手に推測した。

外見でざっとその人となりを推測するのは、職業病だ。ただ映の場合、昔からそのきらいはあったのだが。

「うん。使えるかも」

「はい？」

「あんたさ。記憶戻るまででいいから、ちょっと俺の仕事手伝ってくんないかな」

「へ？　あなたの、仕事……ですか」

「そう。つまり探偵業ね。あ、言い忘れてたけど、俺の名前は夏川映。呼び方は何でもいいけど、依頼人の前では所長って言っといて」

「はあ。ええと、つまり、俺はあなたのお仕事のお手伝いをすればいいわけですね？　記憶が戻るまで」

「そういうこと。ちょっとした恩返しってことでいいんだよ。少し手伝ってくれれば、病院だか警察だか連れてってやるからさ。それからでも遅くねえだろ？」

ペラペラと捲《まく》し立《た》てられ、気圧《けお》された様子で男は目を白黒させている。

「いや、でも、どうなんでしょう。忘れてしまっていますけれど、俺は何か重要なことをしている最中だったのかもしれませんし」

「俺が助けてやんなきゃ、その重要なことどころかあの世行きだったかもしれねえぜ？」

「そうかもしれませんけど、強引ですね」

「強引だよ。俺は今あんたが必要なんだ」

映のまるで口説《くど》き文句のような熱心な言葉に、え、と男はキョトンとした顔になる。

「俺が必要、ですか。なぜ」

「だから言ったろ。仕事だよ。実を言うと、今あんたみたいなイイ男探してたんだ。見ての通り、うちの事務所は俺一人だし、今回受けた仕事でどうにも具合が悪くてさ。あんたは渡りに船ってわけだ」

「はあ……。よくわからないですが、なるほど」

詳しい話をすると逃げてしまう恐れがあるため、内容はぼかしておく。「イイ男」とおだてて気分よくさせてしまおうと思ったが、言われた当人は心のどこにも響いていない様子だ。自分のことに関して忘れているようだが、恐らく言われ慣れているからだろう。

とにかく、男が丸め込まれてくれているうちにと、映は勝手に話を進めることにした。

「だけど短い間にしろ一緒に働くなら、『あんた』のままじゃ都合が悪いな」

映はウーンと顎に指を当てて考える。脊髄《せきずい》反射的に思いついたのは実家の犬の『ラブリィ』だったが、さすがにラブリィという顔ではない。

「如月雪也《きさらぎゆきや》とか、どうだよ」

「え、なんかこう、漫画みたいな名前ですね」

「二月だから如月だろ。雪ン中ぶっ倒れてたから雪也」

「わあ。安直だなあ」

「テメエが名前を思い出せないのが悪《わり》ィんだよ。あんた、これから雪也だから。よろしくな、雪也」

勢いに押されてぽかんとしながらも、はあ、と頷く男の従順さが、映を上機嫌にする。簡単に操縦できそうな手駒《てごま》が手に入った。何より、これで新たに人を雇う分の人件費と労力が浮いたのだ。今回の面倒ごとは面倒どころか、結構な棚ぼただったのではないか。

そんな風にほくそ笑む映の腹の中を、雪也は全く知らず、平和な顔で紅茶を飲んでいる。口は若干悪いが、恐らく性格は天然だ。天然は余計なことを考えないので扱いやすい。これからの仕事が楽になりそうだ、と映は目を輝かせる。

だが、後々そんなことも言っていられない展開になっていくことを、今の映はまだ知らずにいた。この「棚ぼた」を背負い込んだために、これまでの気楽で自堕落な生活が一変してしまうことをわかっていたら、今すぐにでも男を病院に置き去りにしていたことだろう。

＊＊＊

「マジで頭平気か？　もう少しあそこで休んでてもよかったのに」

「はい。痛みも引きました。もちろん触ると痛いですけど」

「いや、たんこぶもそうだけどよ。目眩《めまい》とかさ」

「大丈夫です。まあ、いちばんの問題は間違いなく記憶なんですけどね。多分何とかなりますよ」

　軽いなあ、と笑いつつ、今すぐに記憶が戻られると困るのは映の方である。もちろん、そうなったらなったで、また新しく人を雇えばいいだけなのだが、それがいかんせん面倒だ。映の場合、何の業《ごう》なのか、雇おうと思って引き入れた人間のほぼ全員が厄介《やっかい》な人物に豹変《ひょうへん》してしまうので、なるべくそういったことはしたくない。

　映は如月雪也を連れて事務所を出た。駅ビルで夕飯の買い物をして、電車を乗り継いで自宅へ向かう。

「えっ。ここですか」

　映の住んでいるマンションを見上げて、雪也は目を丸くした。

あの古ぼけた雑居ビルの一室に小さな事務所を構えている男の住処《すみか》とは思えないほど、一見して高級だとわかる外観だったからだろう。

「そんな驚くなよ。別にそんな大層《たいそう》なもんでもねえし」

「いや、だって、駅から徒歩五分だし」

「それってそんなすげぇの？　俺、よくわかんねぇ」

エントランスでキーをかざして中に入り、手入れの行き届いた中庭をぐるりと回って、中央の棟に入る。まるでホテルかと思うような大きなラウンジに、「おかえりなさいませ」と微笑《ほほえ》む美人の受付嬢がいるコンシェルジュカウンター、ジムにライブラリー、コンビニエンスストアまで営業している。

エレベーターに乗る際にもキーをかざし、最上階の三十階の部屋に入るまでに三回もキーが必要だった。セキュリティ面も厳重そうだ。

何より最上階の南向きの部屋である。室内も洋室が二つにリビングダイニングも三十帖はある広さ。ウォークインクローゼットも備え付けられており、角部屋なので東京が広く一望できるし、バルコニーもかなり広い。

雪也は案内された部屋で呆然《ぼうぜん》と立ち尽くしている。大方《おおかた》、探偵業とはそんなに儲《もう》かるのか、とでも考えているのだろう。

「雪也の部屋、ここね。使ってないから埃《ほこり》っぽいかも。適当に掃除して」

「あ、はい。ありがとうございます」

「とりあえず飯にしようぜ。あんたのでかい図体《ずうたい》運んで腹が減ったわ」

自分の肩を揉《も》みながら、映はダイニングへ向かい、買ってきた弁当の袋をテーブルに置いて、キッチンでお湯を沸かし始める。

「日本茶でいい？　っていうか、ここも日本茶か紅茶しかないけど。あ、中国茶はあるぜ。プーアル茶」

「コーヒーとか、嫌いなんですか」

「ああ、うん。飲めなくはねえけど、ちょっと苦手。あんた、コーヒーが好きなら下のコンビニで買って来なよ」

「いえ、大丈夫です。俺は何でもいいんで」

湯のみを二つテーブルに置き、弁当を開ける。リモコンでテレビをつけ、適当なバラエティ番組に切り替える。映は真面目《まじめ》に観賞しているというわけではなく、画面も見ずにただひたすらカレー弁当を食べ続けている。

「あの、聞いていいですか」

「うん？」

「さっきの大家さんとのやり取り、どういうことですか」

雪也の話が、事務所を出た直後のことだと思い至ると、ああ、と映は渋い顔をした。

「あのオッサン、クソうるせぇんだよなあ。ちょっと遅れただけですーぐ追い出すだのなんだのさ」

「滞納してるんですか？　こんなにいい部屋に住んでるのに？」

「んー。まあ、あっちはあっち、こっちはこっち」

「こっちはあなたが借りてる部屋ではないと？」

映は一瞬面食らった顔で雪也を見つめ、ニヤリと笑う。

「おお。察しがいいなあ。しかしあれだな、そろそろご機嫌取りに行かねえとな」

「え、どういうことですか」

「いやいや、何でもねえよ。ま、とりあえず食えって。明日からあんたも仕事だかんな」

曖昧《あいまい》に誤魔化《ごまか》して、映はスプーンを動かす。一時の仲の得体の知れない男だ。あまり自分の事情を詳しく話しても仕方がない。

「いつも買ってきたもの、食べてるんですか」

「うん、そうだよ。俺全然料理できねえもん」

「それじゃ、今度俺が作ります。食費の節約にもなりますし、お世話になるお礼も兼ねて」

「え……。あんた、料理できんの。ってか、それは覚えてんの」

「はい。多分できます」

「おっもしれぇなあ」

映はケラケラと笑った。テレビの中の芸人の大げさな笑い声と重なって、ふと、この部屋でこんな風に笑ったのは久しぶりだ、と思った。

そのとき、不意にあることを思いつく。

「なあ、食べ終わったら、ちょっと外出てみようぜ。寒《さみ》ぃけど」

二人はあらかた弁当を食べ終え、お茶を飲み、バルコニーへ出た。三十階の風はさすがに強く冷たい。ぼうっと夜景を眺めている雪也の横顔を見つめ、映は改めてその造作の完《かん》璧《ぺき》さに内心唸《うな》った。

（この容姿に、高そうな服。もしかして思ったより厄介な奴かもしんねえなぁ）

まあ、それでも構わない。さすがに殺されることはないだろうし、五体満足でやり過ごせるならば大抵のことは面白いと思える質《たち》だ。

「あんた、こういう眺め、見覚えある？　東京の人間だよな？」

「うーん……」

「なんか思い出せたらいいんだけどな」

記憶がないのを利用している立場とは言え、あまりに放置しておくのも気の毒に思えて、少しはヒントを与えてやりたくなる。

ずっと思い出せずに保護することになるのも面倒だ、というのも理由の半分だが。

「俺は、下の眺めよりも、上の方が好きです」

「上？」

言われて上を見上げてみるが、別段何もない。

「空しかねぇけど」

「はい。空です。星を見ていると、落ち着きます」

「ふうん……そっか」

大都会の夜景よりも星空の方がいいなどと、意外とロマンチストなのだろうか。

いや、意外も何もないか。今日知り合ったばかりだし、何より雪也は自分自身のことも覚えていない。冷静な言動のせいか、現実的な男と決めつけてしまっていた。だから、思いがけない一面があったことに少し驚いただけなのだ。

ふと、夜空を見上げるその表情が寂しげに見えて、映は憐《あわ》れみを覚えた。

その言動にばかり気を取られていたけれど、自分が何者かも覚えていないというのは、さぞかし不安なことだろう。

「星を見て懐かしさを覚えるだなんて……」

雪也は少し悲しげな目をして映を見下ろす。

「俺、宇宙人なんでしょうか」

「知るかよ」

とりあえず、この男がロマンチスト、などというのは大きな間違いだったらしい。
明日から面白くなりそうだ。映は白い息を吐いてニヤリと笑った。

探偵

夏川映《なつかわあきら》は、変なものが好きである。

変な出来事にあう確率が高い体質のせいか、はたまた芸術一家に育った影響で普通のものに価値を見いだせなくなったのか。

昨日事務所の前でひっくり返っていた男、如月雪也《きさらぎゆきや》を拾ったのも、利用できるという理由の他に、この男の言動の節々に滲《にじ》む「おかしさ」が映の興味を引いたことも大きかった。

普通の男だったら家まで連れてきたりしない。それが嘘《うそ》にしろ本当にしろ、「記憶喪失」だということが、映にとって決定的な付加価値だったのだ。

「それで、俺は今日何をすればいいんですか」

「ああ。今回の依頼は、まあ有《あ》り体《てい》に言えば浮気調査だ」

二人は少し遅めに起床し、駅前のカフェで朝食をとった後、ぎりぎり昼前に事務所にやって来た。

今日は気持ちのいい快晴だが、昨日の雪が若干残っている。しかしそれもこの陽気で昼過ぎには溶けてしまうだろう。

雪也の服は昨日と同じもの。映の服装は今日は和装ではなく、白いVネックのニットシャツにデニム、ダウンジャケットという至ってカジュアルなもので、高校生か大学生くらいにしか見えない格好だった。

「依頼人は夜の街で働いている女の子。ま、キャバ嬢ってやつね」

「へえ……。そういう子が、わざわざこの探偵事務所を訪ねてきたんですか？」

「ま、一応電話帳には載ってるし、調べてくる依頼人もいるっちゃいるけど、ごくごく稀《まれ》だな。広告は高いからどこにも頼んでないし、たまにここの窓の文字見てふらっと入って来る奴もいるけど、大抵はツテだよ」

「知り合いの紹介、とかですか？」

「そういうこと。今回の彼女は俺が昔世話になった人の店の女の子なわけ」

「はあ……。ええと、とりあえず、その女の子の旦那《だんな》さんが浮気をしているのを調べるんですね」

「そうそう。大体が浮気調査とか身辺調査だよ。あと、最近わりと多いのはストーカー被害かな。部屋に盗聴器ないか調べてくれとかさ」

「そういうのって警察に行かないんですか」

「まず本当に盗聴器があるかどうかわからないとどうしようもねぇじゃんか。調べて出てきたら、まあ大体は盗聴されてるんじゃないかって疑うくらいだから、犯人の目星《めぼし》はついてるわけ。それで、尾行したりして指紋とったりな。証拠ある程度揃《そろ》えてから警察か、または他の方法で解決するの」

「わあ、なんか探偵っぽいですね」

「だから探偵なんだっつーの！」

「いや、失礼しました。映さんて全然そんな風に見えないので」

「それは褒《ほ》められてると思っていいのか？」

「そうですね。なんというか、そういう仕事よりも、こう、いいところのお坊ちゃんに見えるというか」

「うん、そうだよ。俺、いいところのお坊ちゃんだよ」

「え……」

「いや、自分で言っといて驚いてんじゃねぇよ」

あっさりと肯定すると雪也が途端に言葉に詰まったので、映は苦笑した。

「すみません。だったら、何で探偵なんてやってるんですか？」

「好きだから。こういうの」

「はあ……。あの、でもこういう仕事って、専門知識とか、人脈とかいるじゃないですか。大体、元刑事だったり、どっかの調査会社に勤めてたり、探偵になりやすい流れというか」

「人脈はあるよ。俺、いいところのお坊ちゃんだったって言っただろ？　親の仕事柄、金持ちとか芸術家とか、色んなのが家に来るわけ。で、その中に探偵業で結構稼いでる人がいてさ。その人の場合リタイア後に趣味でやってたみたいだけど、そういう話聞いてたらたちまち興味が湧《わ》いてきて、学生時代はずっとその人のところでバイトしてた。そこでノウハウ学んで、大学卒業後は俺も探偵になったんだよ」

「へえ。でも、親御さんとか、反対されなかったんですか？　その、いいところのお坊ちゃんなら、家業を継がなきゃいけないとか」

「う――ん。まあ、それ言われちゃうとな。ていうか雪也。あんた随分人のこと突っ込んで聞くよなあ。昨日の今日で。自分のことは何もわかんない癖《くせ》によ」

「あ……。そう、ですよね。すみません……」

　あまりにも深く追及されると、なんだかこちらが調査を受けているような気分になる。つい苛《いら》ついてきついことを言ってしまったが、しゅんと落ち込んだ雪也の様子を見て、僅《わず》かに罪悪感を覚える。出会ってまだ一日しか経っていないのに、自分が命名したせいか、妙に気持ちが移ってしまっているようだ。

（犬や猫じゃあるまいし）

こいつがなんだか実家の飼い犬に似ていたから悪いのだ。こんな正体不明の男を利用するだけならまだしも、おかしな情が湧いてしまったらミイラとりがミイラになりかねない。

「えーと、話戻すぞ。とりあえず今回の依頼人の旦那の行動パターンは把握してる。依頼人の疑ってる通り、十中八九浮気だな。最後の現場を押さえるために行かなきゃなんねぇ場所があるんだが、そのためにあんたが必要だったってわけだ」

「えっ。現場って、浮気現場ってことですか」

「その通り。俺一人じゃ危険なんだよ。無駄にトラブル体質だからな。変なもんに絡まれたくない」

「……そこって、安全なところなんでしょうね」

「安全だよ。心配すんな」

「なんか怖いなぁ……。まあ、あなたは命の恩人だし、一度は付き合いますけど……」

「んな怯《おび》えんなって！　今からそんなんでどーすんだよ。動くのは夜からだから、今はノンビリしとけ」

「夜まで何をしていればいいんです?」

「ここで客が来るの待ってるの。まー、来ないだろうけど」

「そうですか……」

　自分で言うのも何だが、依頼が入っているとき以外はすることがないので、この事務所の客用ソファで昼寝をしている。そして起こされたことがない。

「あんたは自分のこと考えてなよ。ってか、まだ何も思い出せないわけ？」

「いえ……。そう言えば」

「そう言えば？」

「昨日、宇宙の夢を見ました」

「うちゅう～？」

「はい。俺がとある惑星で暮らしている夢でした」

「惑星って、どんな」

「空が赤茶色なんです。雲は白いのや黒いのがあって。地面はありませんでした。全てが宙に浮いていて、皆螺旋《らせんじょう》状になった街で暮らしているんです」

「ふうん。猿いた？」

「いません。何でですか」

「いや、何かそういうタイトルの映画なかったっけ。俺、ＳＦ興味ねぇんだよな」

「やはり俺は宇宙人なんでしょうか」

「いや、だから、知らねえし」

　やはりこの男は頭が少々怪しい。ふざけているのか、真正なのか、判断がつかないところも怖い。本物ならばこれから何をしでかすかわからないのが怖いし、ふざけているだけならば、なぜそんなことをするのかという、その得体の知れなさが怖い。

しかしその怖さが面白《おもしろ》いと思ってしまう映は、我ながら変人だと思わざるを得なかった。

＊＊＊

やがて日が沈むと、二人は事務所を出て、ファミリーレストランで夕食をとり、駅へと向かった。

新宿駅で降り、東口を出て、しばらく歩く。

「この辺りで、対象が来るのを待つ」

小さな公園の柵《さく》に腰掛けて、二人は周囲を観察した。何やら怪しい雑貨店や飲み屋、クラブなどがひしめく賑《にぎ》やかな通りで、金曜日で仕事帰りに寄るサラリーマンが多いのか、スーツ姿の通行人もかなり多い。

「こんなに人がいて、見つけられるんですか」

「心配すんな。ここ一週間くらいずっと付け回してた相手だぞ。顔は頭に叩《たた》き込《こ》んであるし、歩き方の特徴でもわかる」

「へえ。すごいな……。でも俺も写真くらいチェックするんでした。相手の顔、全然わかりませんし」

「ん……、そうだな。写真は置いて来ちまったし」

あ、そうだ、と映は何かを思い立ち、鞄《かばん》の中から手の平サイズのメモ帳とボールペンを取り出した。そして、さらさらと迷いのない動きで何かを描き上げていく。

「映さん、何描いてるんです？」

「対象の似顔絵」

「ふーん、似顔絵……って、ええっ？」

ほらできた、とあっという間に仕上げたらしく、その紙を切り離して雪也に渡す。地味で大人しそうな丸顔の中年男が描かれており、ものの数分だったというのに、今にも瞬《まばた》きをして喋《しゃべ》り出《だ》しそうな生々しさのある似顔絵だった。

「あ、ありがとうございます……けど、よく何も見ないで描けますね。本当にこういう顔なんですか？」

「あったりまえだろ。そのまんまだよ」

自信満々というよりも、ただ事実をそのまま述べただけ、といった口調に雪也はなるほど、としか返せない。その似顔絵を目に焼き付けた後、折り目をつけないように、大切そうにスーツの内ポケットにしまい込む。

辺りを見回していると、ふと、雪也は妙なことに気がついた。

「あの……映さん」

「うん？　どうした」

「ここって、かなり男性が多くないですか。普通の繁華街に比べて……」

「あれ。雪也、もしかしてここがどこか知らねぇの？」

意外な顔をする映に、雪也は何か嫌な予感がした。

「いわゆる発展場《はってんば》ってやつだよ。全員がそうってわけじゃねぇけど、この辺歩いてるのは大抵同性愛者だ」

「えっ。じゃあ、浮気って……」

「そうそう。旦那さん、多分男とできてるわ。何でか金持ちってゲイが多いんだよなあ」

逃げようとする雪也の首根っこを即座に捕まえ、映はその耳元で囁《ささや》いた。

「奴が来た。行くぞ」

映の視線の先を見て、雪也はあっと声を上げそうになった。

そこには、先ほど見た絵と、全く同じ顔をした男がいたのである。

＊＊＊

映の似顔絵の通り、男の外見は至って普通だ。中肉中背の大人しそうな顔つき。色白でややたるんだ顔は四十手前といったところか。スーツは一見して値の張るものとわかり、金のネックレスや派手な趣向の指輪からは夜の商売のにおいがする。

男が入っていったのは、見た目は何の変哲《へんてつ》もない雑居ビルの地下である。しかし後を追って一歩中へ足を踏み入れれば、そこが何をする場所なのかは一目瞭然《いちもくりょうぜん》だった。

「つまり、俺が必要だったのは、相手役が必要だったってことですか」

「うん、そういうこと」

「イイ男ってのは？」

「俺の美意識の問題」

「あ、そうですか……」

「本当は可愛い子を連れてきたかったんだけどな。俺もこの外見だから、下手すると二人してデカイのに誘われる可能性もあるし、あんたみたいな男の方が『お守り』になるってわけだ」

顔を近づけなければ相手の声が聞こえないほどの大音量。小さなバーカウンターがあり、客は飲んだり踊ったり、あるいはいちゃついたりと、ある程度普通のクラブの光景だ。ほとんどが男、という事実を除いては。

「あの……今、可愛い子連れてきたかった、って言いました？」

「言ったけど」

「あなたも、もしかして同性愛者なんですか？」

「そうだよ」

途端に、頬《ほお》と頬の触れ合う距離にいた雪也がそっと身を引く。

映はニヤニヤと笑いながら、その肩に腕を回した。

「心配すんなよ。あんたみたいなのは趣味じゃねえ」

「と、言いますと……」

「俺はタチ専門なんだよ。あ、男役って意味ね。デカイ男じゃなくて、小さい美少年が好みなの」

「……ナルシストなんですか？」

「なんだ、それ。否定けしねぇけど。あんた、ゲイは嫌いか？　ホモフォビアか？」

「いえ、そこまでじゃないんですが、俺は男に興味ないんで……」

「そりゃ、普通はそうだよなあ。てめぇと同じもんぶら下げた相手になんざ、興奮しねぇよな。その上クソする穴にチンポ突っ込んでよ。変態だと思われても仕方ねぇよな」

「いや、だからそこまでじゃ。アナルセックスは男女間でもありますし」

「俺にとっちゃそっちの方が変態だけどな。ちゃんと入れる用の穴があんのに、何でわざわざクソの方使うんだよ」

「知りませんよそんなこと。そこに穴があるから入れたくなるんじゃないですか」

「すげえな、雪也。そいつは真理だ」

お互いに適当な会話をしていたそのとき、調査対象の男が筋肉質な男を伴って奥の通路へと入っていく。映はよし、と小さくガッツポーズをした。

「来た来た。あいつら、ヤりに行ったな」

「え？　あっちはトイレじゃ？」

「トイレで盛《さか》る奴が多いんだよ。よしよし、これで証拠はばっちりだぜ」

「もしかして、何か仕掛けましたか」

「もちろん。隠しカメラな」

雪也はああ、と頷《うなず》いて、うんざりした表情になった。露骨《ろこつ》に何かを想像したのだろう。

「依頼人が、決定的な証拠見るまでは絶対に信じないとか言うからよ」

「でも、隠し撮りって、犯罪じゃ……」

「もちろん向こうが訴えたらブタ箱行きだ。絶対に訴えない件に限り、有効だな。こういう仕事だから、仕方ねえよ。苦労するぜマジで」

「楽じゃないですね。探偵業も……」

その呟《つぶや》きに、不意に、映は真顔で雪也の顔をじっと見つめた。

「え、何ですか」

「……いいや、別に。やっぱあんたってイイ男だなって思っただけ」

「惚《ほ》れないで下さいよ。怖いから」

「あと二十センチ身長縮んだら考えてやるよ」

その後、二人はトイレに消えた男たちが戻ってくるのを待ち、すかさず隠しカメラを回収してクラブを出た。

すでに終電は終わっているので、通りでタクシーを拾い、映のマンションに戻る。部屋に着くなり、雪也は疲労困憊《ひろうこんぱい》した様子で、リビングのソファに倒れ込んだ。

「うう、なんだかすごく疲れました……」

「これから撮れてるかどうかデータチェックするけど、一緒に見るか?」

「固くお断りさせて頂きます」

「なんだよぉ。後学のために見とけよ」

「絶対嫌ですよ！　今後役立てる予定も皆無です！」

嫌がる雪也を面白がるように、映はその膝《ひざ》の上に腰を下ろす。雪也はギョッとして目を白黒させる。

「ちょっと、何してるんですか」

「だって、雪也があんまり嫌がるから、面白くてよ」

「勘弁して下さいよ」

「キスなら男も女も変わんないぜ。試してみるか？　なあ」

「だ、だめですってば！」

んー、とわざとらしく唇を突き出してくる映の攻撃を避《よ》け、更《さら》にそこに回り込んでくる唇から辛《かろ》うじて逃げる。夜中に大人げなく犬のようにじゃれ合っていると、不意にダウンジャケットのポケットで映の携帯が鳴った。

取り出したのは随分と古い型の携帯電話だ。画面に表示された名前を見て、映はしまった、という顔になる。

「あ、っと……。やべ、そういやクラブで電源切ってたよな」

「誰ですか。こんな夜中に」

「えっと、ちょっと出てくるわ。雪也、小腹空《す》いたらその辺にあるもん食っててていいから」

雪也の質問には答えず、映は小声で電話の主と何かを話しながら部屋を出て行ってしまう。

取り残された雪也はぽかんとして、映が乗った辺りの自分の太腿《ふともも》を見つめていた。

「困った人だな……」

呟いた声が思いのほか大きく聞こえて、雪也は少し笑った。

困った人なのは、どちらの方か。


結局、それから映は朝まで帰って来なかった。

その辺にあるものを食べていいと言われても、スナックやカップラーメンの類《たぐ》いしかない。コンビニに買いに行こうかと思ったが、この部屋を出たら、また何度もキーが必要だ。映はキーを置いていかなかった。部屋のどこかに予備のものはありそうな気がするが、本人不在の隙《すき》に探すのは泥棒のようであまりいい気持ちがしない。

ただでさえ自分は不審者なのだ。怪しまれるような行為は慎まなければ。

そのとき丁度、玄関の方でドアの開く音が響く。眠たげな目をした映が部屋に入ってくるのを見て、ほっと安堵《あんど》すると同時に、胸のどこかがざわついた。

「ただいまぁ」

「朝帰りですか」

「うん、わり……。雪也、何か食べた？」

「いいえ、まだ」

「これ、マックで買ってきたから、食べて。俺、疲れたからちょっと寝るわ」

「あ、はい……ありがとうございます」

映はテーブルの上にガサッとビニール袋を置くと、おぼつかない足取りで自室へ引き取っていった。

すれ違った映の髪は少し湿っていて、甘いシャンプーの香りがした。

＊＊＊

依頼人と連絡がついたのは、その日の夕方のことだ。

これから仕事だというので、報告を聞きに来たのは、翌日の昼過ぎだった。事務所にやって来たのはキャバ嬢と聞いて雪也が想像していた女の子そのものの、髪を盛りに盛った、派手なメイクの美女である。

十代のように見えるが、歳は二十三。旦那は彼女を最初にキャバ嬢にスカウトしたクラブの黒服で、かつてはホストもやっていたらしい。今では歌舞伎町《かぶきちょう》に数軒の店を構えるオーナーで、かなり羽振《はぶ》りがいいという。

彼女の本名は山田亜由美《やまだあゆみ》。源氏名《げんじな》はリカコというらしく、映はそちらの方で彼女を呼んでいた。

リカコはピンク色の長い爪《つめ》でしきりに胸の上の巻き毛をいじくりながら、殺気にも似た鋭い雰囲気を醸《かも》している。

雪也は映の隣に座っているのだが、初めて見るはずの男の存在にも気づかない様子で、何かを考え込んでいた。

「これって、マジ、だよね?」

「おお。マジマジ」

目の前に置かれた報告書と、データの入ったUSBメモリをまじまじと見て、リカコはグロスでギラつく唇を震わせた。

「ここに、ヤっちゃんが男とホモってる映像が入ってるわけね?」

ヤっちゃんというのは旦那の愛称のようだ。去年結婚したばかりで、まだお互い恋人のような呼び方をしているらしい。

「そういうこと。今ここで再生するか? そこにパソコンあるし」

隣に座る雪也の「やめて下さい!」という必死の気配を無視しつつ、映は提案する。

「……それはやめとく。この部屋のもの全部壊してもいいって言うなら、ここでも見られるけど」

「はいダメー。それじゃ、おうち帰ってからじっくり見てよ。っていうか、こんなもの撮らなくたって、旦那さんが男と親密な感じで歩いてる写真、何枚も見せたはずだけどな」

「だって! そんなの、ただ仲の良いトモダチかもしれないじゃん!」

「キスしてても?」

「よ、酔ってるだけかもしんないしぃ……」

「ま、信じらんないのも無理ねぇよ。実際コレ見ればわかると思うけど」

「あのさっ」

リカコは真剣な表情で、食い入るように映を凝視《ぎょうし》する。

「映ちゃん、ヤっちゃんとグル組んでないよね？」

「どゆこと？」

「ヤっちゃんが、リカコのことがうっとうしいから、映ちゃんに頼んでホモっぽい映像撮らせたとかじゃないよね？」

「あのなあ」

やれやれ、といった調子で、映は重々しいため息をつく。

「そりゃ、中にはそういうことする探偵もいるよ？　奥さんに不倫調査頼まれて、旦那が浮気してるって証拠摑《つか》んだけど、先に旦那の方に交渉して、奥さんに黙っててあげるからって金巻き上げて、それで奥さんの方には旦那さんは浮気してませんでしたって報告して、そっちからも金とるってヤツ」

映の言葉に、一縷《いちる》の望みに縋《すが》るように、リカコはウンウンと必死な様子で頷いている。

「でも、俺はそうじゃないって、リカコちゃんもママも信用してくれてるから、頼んでくれたんだよな？」

リカコは瞬きもせずに、映を見つめている。大きく見開いた瞳《ひとみ》には、今にも溢《あふ》れそうな涙が溜《た》まっている。

「そりゃ、旦那さんを信じたいって気持ちはわかるけどさ。……ま、とりあえず見てって。見りゃわかるよ。演技でもクソアナにチンポ突っ込まれてよがったりできるなら話は別だけど」

「あー！　あー！　もういい！　聞きたくないっ！　ああ――ん‼」

リカコはとうとう泣き出した。黒い涙が頬を伝い、つけまつげが盛大に剝《は》がれ、デスメタル状態になっている。

「リカコちゃん、落ち着いて」

「ねえ、何で！　何で男がいいワケ！　リカコとHはしてもキスしてくんないの、潔癖《けっぺき》性《しょう》だからって言ってたのに！　何で男とはちゅーしちゃってるワケ！」

どさくさに紛《まぎ》れて衝撃の事実を暴露《ばくろ》され、映は面食らっている。

「え、リカコちゃん、ヤスしてもらったことねぇのかよ、なあ！　それってもう明らかじゃん！」

「だってぇ！　潔癖性って言ってたんだもん！」

「いやいやいや、男とけ普通に路チューしてたから！　騙《だま》されてるって！」

「うわああ――ん‼　もうそれ以上言わないでえ！」

リカコが本格的に泣き始めたので、映は向かいの席から移動して、彼女の隣に腰掛けた。赤ん坊のようにひいひいと泣き続ける彼女の頭を自分の胸に押し付け、よしよしとその髪を撫《な》でてやる。

今日は和装に戻ったせいかわからないが、そうしている映は、童顔は相変わらずなのに、随分と大人の男に見えた。

（いつもこんな風にして依頼人とやり取りをしているんだろうか）

依頼自体は少ないようだが、主に知り合いのものだと言っていたので、こういった浮気調査が多いのなら、今起きているような場面も珍しいものではなさそうだ。雪也は不思議そうに映を眺めた。

この男の印象は、定まらない。変人で、案外情が深くて、軽くて、子供みたいなふざけたことをしでかすのに、世慣れた大人の顔もあって。

（それに、色々と秘密もありそうだ）

そのとき、ようやく泣き止《な》《や》んだリカコが、不意に雪也の方を見た。

今まで視界にも入っていない様子だったが、初めて雪也の存在を認めたというように、酷《ひど》い有り様《あ》《さま》になった目をキョトンとさせている。

「ね、ところで、そこにいる人って、誰？」

「お、ようやく気づいたか」

映は破顔して、雪也の隣に戻り、ポンとその肩を叩く。

「今度うちで雇い始めた人。俺の助手ね。如月雪也っていうの」

「へえー。助手雇ったんだ！　そんなお金あるの？　映ちゃん」

「そこは気にしなくていいから！　とにかく、今うちで働いてもらってんだ」

「……如月です。どうも、初めまして」

ぎこちなく頭を下げると、リカコは雪也の頭からつま先まで、品定めするように観察した。涙でぐしゃぐしゃで脱力していた顔に、少しずつ生気が戻ってくる。

「めっちゃカッコいいね……リカコ、その人となら浮気したい」

突然思わぬロックオンをされ、雪也の表情が凍りついた。

「ね、映ちゃん、お願い！　その人貸して！」

「えー。うちは人間のレンタルはしてないんだけど」

「お願い！　もちろんお金払うし！　これからリカコの仕事が始まるまででいーから！」

「いくらくらい？」

「今回の調査費の倍払う！」

「付き合ってやってもらえる？　雪也」

即決の様子だ。顔に家賃と書いてある。

映に真っ直《ます》ぐな目で見つめられて、雪也は自分に拒否権はないことを悟った。抵抗するだけ無意味だろう。そう察すると、やるせないため息が漏れる。

「……仕方ありませんね」

「よーし。リカコちゃん、こいつ好きにしていいよ」

「やった――‼」

その言い草にとてつもない不安を覚えたものの、こうなったら雪也は腹をくくるしかなかった。

一昨日《おととい》といい今日といい、新参者には受難続きである。

＊＊＊

「っていうか、何で映ちゃんもついてくんのよお」

「透明人間だと思ってよ。こいつこの辺多分よくわかってないから、一人じゃ帰って来られないし」

リカコの仕事が始まるのは夜からだ。それまで仕事場の近辺でデートがしたいという彼女の依頼で、三人は日の暮れかけた繁華街をうろつくことにした。

「でも、二人っきりじゃないとデートって感じしないよぉ」

「じゃあ俺ともデートしてるってことにしたらいいじゃん。俺の分は無料だよ。お得だろ？」

「自分より可愛い男と並んで歩きたくなんかないよ！」

「え〜。参ったなあ〜」

「映さん、そこは照れるところじゃありませんよ」

結局、雪也を挟んで三人で歩く格好になり、キャバ嬢とスーツの長身男と和服の年齢不詳男という、一見異様なトリオになっている。

リカコは雪也の顔をじっと見上げながら、片時も組んだ腕を放さない。

「でもさ、雪也さん、何で映ちゃんの事務所なんかに入っちゃったの？　お給料出ないかもよ？」

「リカコちゃんは俺を誤解してるよ。俺ほど誠意に溢れた公明正大《こうめいせいだい》な男はいないよ」

「こーめーせーだいって何？　ビッチってこと？」

「リカコちゃん……」

「リカコ難しい言葉わかんないよぉ。あ、もしかして雪也さんもアレなの？　お金いらないから体で払ってとか言うタイプなの？」

「え？」

リカコのオブラートに包まない言い方に、さすがの雪也も目を丸くして狼狽《うろた》えている。

リカコはそれに気づかず、ため息をつきながら話を続ける。

「何かさぁ、ホモって実は多くない？　それとも映ちゃんがそういう人ばっか引き寄せちゃうのかな。リカコも映ちゃんと友達だったから、ヤっちゃんがそっちになっちゃったのかな」

「さすがに俺のせいはないだろ！　それに旦那さんのお相手は超マッチョだったから。俺とは対極だから」

「マッチョかぁ……。リカコもマッチョになればいいのかなぁ……」

「あと下も生やさなきゃだめだな」

「リカコさんは、そのままで十分に魅力的ですよ」

不意に口を開いた雪也に、リカコは目を丸くする。

「あなたが変わる必要なんてない。旦那さんのことはお気の毒ですが、あなたを袖《そで》にするような見る目のない男なんて、あなたの方から捨ててしまえばいいんです」

「雪也さん」

映とリカコは、雪也の両側で同じように鳩《はと》が豆鉄砲を喰《く》らったような顔でぽかんとしていた。雪也は至って真面目《まじめ》な様子で、束《つか》の間《ま》沈黙した二人を不思議そうに見比べている。

「え、どうかしましたか」

「雪也……。あんたって……」

すぐに、リカコの頬は薔薇色《ばらいろ》に染まり、瞳は興奮に潤み始める。

「やだぁ……雪也さん、かっこいいよぉ……。リカコ、事務所に通っちゃうかも」

「うちはホストクラブじゃありません！」

「映ちゃんのところで腐ってないで、リカコと暮らそうよぉ。働かなくたってリカコが食べさせてあげるから！」

「リカコちゃんそれ絶対幸せになれねぇよ！」

なんだかんだと騒ぎながら、リカコの店のある通りの前に差し掛かった頃、はしゃいでいたリカコがぴたりと足を止めた。

映がその変化にただならぬものを感じて視線の先を見ると、そこには先日尾行した件《くだん》の男が部下らしき数人の黒服を従えて立ちはだかっている。

「同伴か？　亜由美」

「ヤっちゃん……」

「今日、そんな予定はなかったよな。俺との約束はどうした」

どうやら、リカコは夫との約束をすっぽかしていたようだ。

男は例のクラブでだらしなく男に絡み付いていたのが嘘のように、厳しい顔をしてリカコと、隣の雪也を睨《にら》みつけている。映は視界に入っていないらしい。

夫と遭遇《そうぐう》して気まずいはずのリカコは、なぜか挑戦的に夫を睨みつけている。

「何よ……ヤっちゃんなんて」

先ほど浮気の事実を突きつけられたリカコは、このタイミングで鉢合わせし、怒りに燃えている。

ヤバい。

瞬時にそう感じて、映はリカコを制止しようとするが、間に合わなかった。

「リカコ、この人と付き合うんだから！　ヤっちゃんなんか、もういらない！　離婚する！」

リカコは宣言するように叫んで、雪也に抱きついた。

男は面食らった様子で、声を失っている。雪也は呆然《ぼうぜん》と立ち尽くし、映は諦《あきら》めて天を仰《あお》いでいる。

「あ、亜由美いぃ……」

やがて、男が地を這《は》うような声を漏らす。顔は怒りで真っ赤に上気し、目は充血してまさに鬼の形相《ぎょうそう》だ。

「このアマ‼　俺を馬鹿《ばか》にしやがって‼」

男が懐《ふところ》からナイフを取り出した。キャ――ッという悲鳴が響く。リカコの叫びか、通行人の叫びか。

男の目にはリカコしか映っていない。棒を呑《の》んだように硬直しているリカコめがけて、男が足を踏み出す。誰も反応できずにいた。リカコ本人も、映も、男の背後に控えた黒服たちさえも。

その瞬間、雪也が動いた。脚を振り上げ、つま先で男が手にしたナイフを蹴《け》り上《あ》げる。男が衝撃に鈍い悲鳴を上げ、硬直する。雪也は空中に舞ったナイフをすかさずキャッチし、目を丸くしている男の鼻先に突きつける。

「びっくりさせないで下さいよ」

その間、一秒あるかないか。

男は、元々意気地《いくじ》のない質《たち》だったのだろう。気合をポッキリと折られてしまったのか、その場にへなへなと尻餅《しりもち》をついた。

誰もが息を呑んで凍りつく中で、雪也の周囲だけ時が動いている。

「それにしても……」

重々しいため息を落とし、手元のナイフを見つめていた雪也が、すいと視線を上げて男を凝然と見る。

「自分は男とイチャついといて、嫁の浮気は許さないなんざ、大した根性じゃねぇか」

その声は低く静かで、さほど大きくもないのに、よく響いた。

先ほどとは別人のような、氷のような冷たい表情に、男の後ろにいた黒服の一人がハッと顔色を変える。

「お、おい……。あいつって……」

掛かろうとする。

「嘘だろ……あの……白松《しらまつ》の」

そのとき、ようやく時が戻り始める。我に返った黒服が、眦《まなじり》をつり上げ、雪也に食って掛かろうとする。

「テメエ！　社長に何しやがんだ‼」

「おい、ばかやめろ！」

黒服同士が揉《も》み合《あ》い、何かに気づいた男が血気盛んな仲間に何かを耳打ちする。すると、聞いた方は表情を一変させ、信じられないものを見るように雪也を見つめた。

「社長、ヤバいですよ」

腰を抜かしている男にそう囁くが、男は立ち上がれない。業《ごう》を煮やした黒服たちは、動けない男を抱えて、あっという間にその場から遁走《とんそう》してしまった。

残された映たちは唖然《あぜん》としている。周りは危ういものには近寄らぬよう、三人の側に微妙な空白を作りながら、見て見ぬふりで通り過ぎていく。

ハッと現実に戻った様子の映は、呆《ほう》けているリカコの肩を抱いた。

「リカコちゃん。大丈夫？」

「あ……、うん。……リカコ、お店に行かなくちゃ……」

「え、本当に大丈夫なの？　今日は休んだ方が」

「いいの。大丈夫。今、ちょっとびっくりしてるだけ」

夫に直接ナイフを向けられたことが、相当ショックだったのだろう。足下のおぼつかないリカコを二人で支えて、店まで送り届ける。

映は中に入ってママに事情を説明した後に、くれぐれも彼女の様子に気を配るように念を押して、その場を後にした。

「いやあ。驚いたな。まさかあんなことになるなんて」

「探偵業やってると、結構出くわすんですか？　ああいうのは」

「うん、まあ、探偵業じゃなくても俺は出くわすかな」

「ああ。そう言えばそんなようなこと言ってましたね」

「ところで、雪也。あんたって、何かヤベエの？」

「知りませんよ、そんなこと……」

雪也は困惑した様子で首を傾げている。

先ほどの黒服は、明らかに雪也の顔を知っていた。そして、その反応が異常だった。

（まあ、何かただ者じゃない感じはしてたけど）

さほど驚きがないのは、映がハプニングに慣れ過ぎているせいもあるが、雪也に何か一般人とは異なる、ある種の「におい」を嗅《か》いでいたせいだ。それは探偵業をやっていて身についたもので、理屈で説明できないような、霊感のようなものである。

正直に言えば、雪也から感じるにおいは、好ましい類いのものではない。それは危険で、本来ならばあまり近づきたくないようなものだ。

(白松……っってたな)

聞き覚えのある名前だ。心当たりはあるものの、そちらはあまりにも大物過ぎて、まさかという気持ちがあり、断定できない。

万が一その関係だった場合、こんな記憶喪失ごっこなどしている場合ではない。今すぐに放り出して逃げ出さねばならないような相手だ。

(でも、俺が命名しちまったしなぁ)

映は、妙なところにこだわりがある。一度所有すると、自《みずか》らはそれを手放せない。

「リカコちゃんさ。本当はいいところのお嬢さんなんだよ」

「じゃあ、どうして水商売を?」

「母親が政治家のオッサンの愛人なんだ。学校もお嬢様学校通って、何不自由なく育ったらしいけど、まあ複雑な家庭事情があるみたいでさ。家出して、キャバクラで働いて、それで旦那と出会ってな」

「つまり、あの男は彼女のバックが欲しかったわけですか」

「まあ、そういうことになんのかなあ。可哀想だけど、誰が見てもそうだよな。さっきは怒りでぶち切れてたけど、普段はリカコちゃんのご機嫌伺《うかが》って暮らしてたみたいだぜ、あの旦那」

「だから、彼女はナイフを向けられて、あそこまでショックを受けていたんですね」

「そうなんだろうな。リカコちゃんは、男に養われて生きてた母親が嫌いで、自分は自分で稼ぐんだってキャバ嬢続けてるみたいだけどさ。そろそろパパに連れ戻されんじゃねーかって話」

「あの子、どうなるんでしょう」

「さあ？　そこまでは立ち入れねぇよ。依頼は片付いたんだから、金振り込んでもらったら、この話はおしまい。忘れるしかねぇの」

「友達じゃないんですか」

「友達だけどさ。それぞれ事情があるからな。俺は口出さないようにしてる」

一度情が移れば、とことん付き合ってしまう性格だ。自分でもそれをわかっているから、ある程度のところできっちりと線を引く。

本当は、「命名」してしまうなど、もってのほかだった。けれど、さすがに人間に命名したのは初めてのことで、その意味の深さに、映は最初気づけずにいたのだ。

「ところで、さっきの雪也、かっこよかったよ」

「え……そうですか」

「うん。ちょっと濡《ぬ》れた」

く。

「濡れる穴ないでしょあなた」

二人はのらりくらりと喋りながら、華やかな賑わいに輝き始めた繁華街を通り過ぎていく。

映が雪也と共にこなした初めての依頼は、波乱のうちに幕を閉じたのだった。

次の嵐《あらし》は、すぐそこに迫っている。

美少年

夏川《なつかわ》映《あきら》は着物が好きである。

幼い頃から琴だの日本画だの日本舞踊だのを習っていたせいか、着物を着る機会が多く、和装の方が洋装よりもしっくりくるのだ。

だからさすがにずっと同じ服を着ているのもおかしいと、同居人の如月《きさらぎ》雪也《ゆきや》に服を買ってやろうとしたとき、最初に着物はどうかと考えた。しかし実際に身につけているのを想像すると、似合うのを通り越して妙な迫力を醸《かも》し出《だ》している。それでは数少ない客も逃げてしまうかもしれない、と思って諦《あきら》めた。

服を買ってやると言うと、手持ちの金でどうにかなりますから、と一人でさっさと出て行ったが、戻ってきた雪也が着ていたのはまたもやどこぞの高級ブランドのスーツである。必要そうだから、と同じく高そうな鞄《かばん》まで買ってきた。

どれだけ手持ちの金があったのかと、映は胡乱《うろん》な眼差《まなざ》しでその完璧《かんぺき》な着こなしを眺めた。

「ところで、そろそろ何か思い出したか？　雪也」

「うーん……。残念ながら、何も」

ここのところ、雪也は記憶を戻すためにと一人であちこちをぶらついているようだ。けれど、中々効果は得られないらしい。

「なんかさ、リカコちゃんの旦那《だんな》の部下、あんたの顔知ってる感じだったじゃん」

「聞きに行ってもいいんですかね。『俺が誰だか知ってますか』って」

「だめか……」

「だめですねぇ」

完全に不審人物としてしか扱われないだろうし、何より今頃修羅場《しゅらば》確実の現場へ乗り込んでいくのも自殺行為だ。

「それに、あの驚きようというか、怯《おび》えようが、なんというか……よくないものに対しての反応だったような気がするんですが」

「間違いなくそうだろ。っていうか、自分でわかんねぇの？」

「え、何がですか」

「……いや、何でもねぇよ」

あんたからは暗い世界のにおいがする、といっても、あくまで主観的なものだし、雪也をいたずらに不安にさせるだけだろう。何より先日耳にした「白松《しらまつ》」絡みの人物であると判明するのが、映は怖い。もしもそうであるのなら、そんな物騒な現実を知るのは、なるべく先延ばしにしたかった。

「それにしても、何か引っかかるのはさぁ。あんたが雪なんかで転んだってことなんだよな」

「どうして引っかかるんですか」

「だって、あんだけ素早く立ち回れるあんたが、馬鹿正直《ばかしょうじき》に頭ぶつけるような転び方するかなあと思ってよ」

「そんなこと言われても……そう言えば、昨日おかしな宇宙の夢を見ました」

「あからさまに話逸《そ》らすんじゃねぇよ。怪しいだろうが」

この前のあの反応速度を見せた男が、雪に滑って転んで記憶喪失になるような間抜《まぬ》けと同一人物だとは思えない。一瞬の油断としても、この男がそんなことをやらかす確率は限りなく低いと思った。

「んで、またその宇宙の夢がどうした」

「はい。空は青いのですが、その青さが地球よりも鮮やかな青で、そして降ってくる雨も青いんです。地面は絶えず燃えていて、しかしその炎も青く、そこに生きる生物はその上を植物や土と同じように歩いていくんです」

「こないだと違う星じゃねーか。ていうかあんたそんな何回も宇宙引っ越ししてんのかよ」

「そうなのかもしれません。赤帽に頼んだ記憶があります」

「そこは赤帽なのかよ！　あんたいい加減ふざけてんだろ！」

雪也の記憶は一向に戻る気配がない。日常生活は普通に営んでいるのだが、いざ記憶の話となると何億光年も先に飛んでしまうのでお手上げだ。

しかし映自身がこの奇妙な同居人を面白《おもしろ》がってしまっているので、病院だの警察だのに強《し》いて連れて行こうとは思っていなかった。もちろん、懸案事項もあるためなのだが。

もしも本当は記憶が戻っていて、何らかの理由でここにい続けているのだとしても、映にそれを追及する気はない。そんな退屈なことをして日々の楽しみを一つ減らしてしまうくらいなら、騙《だま》され続けている方がずっとマシだった。

「そろそろお昼にしませんか？」

「ああ、もうそんな時間か」

雪也はトートバッグから弁当箱を取り出し、テーブルの上に並べていく。その間に映は湯を沸かして二人分のお茶を淹《い》れる。

初めて雪也をマンションに連れて帰ったときに雪也自身が言った通り、彼は台所仕事が一通りできる男だった。その手腕がプロ級なのか人並みなのかは映にはわからないが、家事能力ゼロの映からしてみれば、それは素晴らしいとしか言いようがない。

「あ、ハンバーグだ」

「好きですか？」

「大好物」

「だと思いました。映さんって子供舌ですもんね」

節約になるからといちいち弁当をこしらえるマメさにも脱帽《だつぼう》だが、こうして好みを把握してくれるところが細かいと思う。

（これでこいつが小柄な美少年だったらなー）

と心の底から惜しいと思いながら、ハンバーグや付け合わせのポテトサラダを頬張《ほおば》る。

幼少の頃から様々なものを与えられてきたにもかかわらず味覚が大雑把な映は「美味《うま》い」か「あんま美味くない」くらいしか感じないが、雪也の作るものは文句無しに美味い。

「ところで、仕事、来ませんね」

のんびりと昼食をエンジョイしながら、グサリと突き刺すような言葉を吐く。

「そーだなあ。リカコちゃんの一件から、丁度一週間かー」

「こんな風に、毎日ひたすらグダグダしてるだけでいいんですか」

「うん、まあ一回でかいのこなすと、あと楽になんだけどよ。そろそろ次のないと、余裕ねえよなあ」

「広告とか打ったらどうです？」

「やだよ。変なのいっぱい来たらどーすんだ」

「仕事がないよりはマンでしょ」

「一応、これでも選んでるんだって。依頼も来ることは来てんだぜ？　ただ、俺には合わねぇかなと思って断ってるだけで」

「選べる立場なんですか、あなたは。一昨日《おととい》だって大家さんが文句言いに来たじゃないですか」

「あ、それはもう解決済。払ったからしばらく来ねぇよ。安心しな」

「あの黒塗りの車の男に払ってもらったんですか」

映がキョトンとすると、雪也はしまったという顔で視線をさまよわせる。

「あ、いえ……。その、失言でした」

「黒塗りの車……」

映は天井を見上げてウーンと考え込んでいる。

「あのオッサンは赤、だよな。黒は、三人くらいいるか？　一体どれのことだ」

「……ハア？」

「ああいや、あんたが見たって言うんだから、三日前の奴だな。はいはい、そう、当たりだよ。あの人に払ってもらったんだ」

「いや、ちょっと待って。待って下さい」

雪也はこめかみを押さえて、低く唸《うな》った。

「映さんの言ってるその人って、いわゆるパトロン、なんですよね」

「うん、そう」

「一体何人いるんですか」

「えっと……今は五人くらいかな」

「ハア⁉」

「なんだあんたさっきからハア！　ハア！　って。吉幾三《よしいくぞう》か」

「いや、だって、い過ぎでしょっていうか、そうじゃなくて……！」

混乱しかけた頭を冷ますように、雪也は大きく深呼吸をし、キリッと真面目《まじめ》な顔を作った。

「よくないです。そういうの」

「よくない、って……言われてもよ」

「だって、その……体を使って取引、してるわけですよね？」

「うん、まあそういうこともあるかな。でも俺も嫌々なわけじゃないんだぜ」

「相手があなた好みの美少年じゃないのに？」

「そりゃそうだけどさ。でも、俺だって男だし、性欲はあるわけだし。発散できて金も貰《もら》えて、どっちもお得じゃん」

「あなたの貞操観念《ていそう》はどうなってるんですか！」

ガン！　と思わずテーブルを叩《たた》いてしまい、湯のみが勢いよく揺れる。我に返り慌ててこぼれたお茶を拭《ふ》きながら、雪也は冷静になれと己《おのれ》に言い聞かせている様子で、呼吸を整えている。それがなんだか面白くて、映はニヤニヤしながら観察してしまう。

「映さん、いいところのお坊ちゃんだって言ってましたよね？　ご家族が泣きますよ」

「俺がどう生きようと関係ねぇし。嫌なんだよ、そういう締めつけが」

「あなたは緩過ぎます！　お願いですからやめて下さい。こんな生活、いつか必ず破綻《はたん》します」

「そう言われてもよぉ……」

「俺が協力しますから！　きちんと仕事して、お金稼いで、真っ当な生活しましょうよ！　そしたら、そんなことする必要なくなるんですから」

「雪也が協力してくれんのか？」

「ええ、そうですよ」

「何でもしてくれんの？」

「もちろん！」

「じゃ、俺とセックスしてくれる？」

「はい？」

雪也は半分笑顔を残したまま硬直する。

「俺、昔色々あって、定期的にセックスしないと不安定になんの。そういう意味でパトロンも複数いるんだけど」

「え……いや、あの……そういう系はちょっと」

「何だよ、何でもしてくれるって言ったのに」

「そ、それはそうですけど……」

何か有効な言い訳はないかと考えあぐねている様子の雪也の膝《ひざ》の上に、映は悠々と乗っかって、鼻歌なんぞを歌いながら勝手にネクタイを解き始める。

「ちょ、まさか今すぐですか⁉」

「とりあえず、味見したくなった。腹も膨れたし、次はこっち、ってな」

「いや、そんな、即物的な。いくらなんでも心の準備というものが」

「心配すんなよ。最初はちょっと痛いかもしんねーけど、すぐよくなっから」

「ハア⁉　お、俺が女役なんですか⁉」

驚きのあまり雪也の声が裏返る。映は不機嫌そうに顔をしかめ、舌打ちをする。

「ったりめぇだろ。俺はタチ専門なんだよ」

「いやいやいやいや。無理ですって！　お、男相手になんて、やったことないんですから！」

「だから俺が攻める方になって教えてやるっつってんじゃん」

ノリノリでシャツの上から乳首の辺りを擦ってみると、本能的な恐怖か、雪也の首筋に見てわかるほどの鳥肌が発する。

「だめ、いや、やめてえ、やめて下さいよお！」

「いいね。そんな風に拒否られると、デカイ男相手でもなんだか燃えてくるわ」

妙なヤル気を醸し始めた映に、雪也は猛然と抵抗する。

「できませんてば！　処理するのは百歩譲ってして差し上げるとして、せ、せめて男のままでいさせて下さいよお！」

「あア？　だってあんた、俺相手に勃起《ぼっき》とか無理だろ？」

「女役はますます無理です！　映さんは女役やったことあるんでしょ！」

「いや、だから俺はタチ専門で」

「一度もしたことないんですか？　女役。パトロン相手でも？」

映は黙った。よしきた！　と、雪也はここぞとばかりに捲《まく》し立《た》てる。

「じゃあ映さんがそっちやって下さいよ！　俺は同性相手の趣味はないんですから、味見だって言うなら男役やらせて下さい」

「……どーしても、嫌なわけ？」

「女役やって人生狂ったらどーするんですか！　あなたなら、元から男が相手なんだから、俺よりも精神的負担が少ないでしょう⁉」

今までにないほどに鮮やかな弁舌をふるう雪也に、映は気圧《けお》されたように考え込む。

「んー……。仕方ねえなあ……」

「よし！　じゃあ決まりです」


映の気が変わらぬうちにと、その肩を摑《つか》んでソファに押し倒し、形勢逆転する。

（あれ。この人、思ったより小さいな）

実際自分の下に組み敷いてみると、側で見ているよりも更《さら》に華奢《きゃしゃ》に感じる。肩の骨も薄く、少し強くしたら簡単に折れてしまいそうだ。和服のせいか長く伸びた細首の白さも妙になまめかしく、ソファの上に散った黒髪の艶《つや》やかさが、猫のような小さな顔が、変にいたいけに、幼く見えて、雪也は予想もしなかった背徳感に唾《つば》を飲んだ。

「あ、映さん……」

「ん」

「ほ、本当に、いいんですよね」

「何だよ、今更」

「わ、わかりました……」

とは言っても、男同士などどうしたらいいのかわからない。心臓の音だけがやたらとうるさく耳に響く。まずはキスをするべきだろうか、とまるで童貞のように迷いつつ、顔を近づけていく。

しかし、映は大きな目をぱっちりと見開いたままで、一向に瞑《つむ》る気配はない。

ガン見し合った状態なのが耐えられず、雪也は自《みずか》らきゅっと目を瞑り、唇を重ねようとした。

「……んむ？」

ぶに、と強く押し返される感触。

目を開けると、雪也の顔は映の手に押し返されている。

「やっぱ、いいわ」

「へ？」

突然、興を削《そ》がれたような声で、あっさりと映は言葉を翻《ひるがえ》した。

「あんたとやるのは、やめた」

「な、何でですか」

「無理強いは趣味じゃねえ」

「いや、さっきまで無理強いする気満々だったじゃないですか」

「だって……なんか、あんたが、そういう顔するから」

不意に、映は口をつぐむ。表情に微《かす》かな戸惑いが滲《にじ》んでいる。

（……そういう顔？）

一体どういう顔だ。思わず頬に手をやる。

もしかして、結構本気な顔をしてしまっていただろうか。押し倒しただけでその気になりかけたのは確かにそうだが、そうなることを望んでいたのは映の方ではないか。

「わけわかんないですよ、映さん」

「大体よぉ、パトロンと切れちゃったら、あのマンションも出て行かなきゃなんねぇ」

「あそこもパトロンだったんですか！」

「他に誰がいるんだよ」

「そりゃ……家族とか」

「俺はずっと前に家おん出てんだ。もうずっと家との繋《つな》がりなんかねぇよ」

思わぬところから複雑な背景を聞かされて、雪也はただ、そうだったんですか、と呟《つぶや》いた。

映はそんな雪也の顔をじっと見つめ、大儀《たいぎ》そうに大きく息を吐く。

「そう言えば、俺のこと何も説明してなかったっけか」

「あ……、はい」

「あんたが正体不明なままなのがワリィんだよ。思い出し始めたら俺も自分のことくらい話してやろうと思ってたけどよ」

「……すみません」

「ま、いいや。色々ケチつけられんのめんどくせぇから、大体の事情を話しておくとだな」

　映は雪也に今まであまり話してこなかった自分の家のことを語り始めた。

　父は一作に目の玉の飛び出るような値段のつく日本画の大家であること、母は旧華族の家に生まれた生粋《きっすい》の姫様で、代々継がれてきた琴の流派の家元であること。

　兄と妹がおり、兄は芸事に興味を示さず、いい大学に行っていい会社に就職して、と家とは関係のないエリートコースを辿《たど》り、妹はまだ大学生だが、琴の腕は中々であること。

「ああ、そう言えば俺のアニキ、多分あんたと同い年くらいかもな」

「そうなんですか。結構兄弟で歳が離れてるんですね」

「そうだなあ。妹と俺は母親似で、アニキは父親似なんだ。妹は可愛いよ。アニキは時々ウザイ感じだったな」

「映さんはとことんナルシストですね」

「まあ、外見はそんな感じだけど、中身の方は、俺だけが親の血をがっつり受け継いで、絵は描けば色々受賞しちまうし、なんかとんでもねぇ値段で売れちまうしよ」

「なるほど……」

雪也はあの即座に描かれた似顔絵を思い出す。生まれつきの才能と言われれば、なるほどと納得してしまうような腕前だった。

「琴もまあ楽しくてさ。遊んでるうちに上達しちまって、父親からも母親からも後継げ、みたいに言われててさ。なんか知んねぇけど昔っから親に決められた婚約者みたいなのもいてよ。とにかく窮屈だったんだよ」

「婚約者！　今時、すごいですね……」

「おかしいよな？　兄貴にはいなかったのにさ。母親の遠縁らしいんだけど、そこも昔お武家様だった家柄で、まだ小さかった俺のこと気に入って、勝手に決められたらしいけど」

「それで、家を出たってことですか」

「色々積み重なってたけどな。大学卒業したら結婚、って言われてたから、途中で俺の大学の友達と婚約者くっつけて、卒業と同時に逃げ出したわけだ」

メチャクチャなやり方だ。だが、一方的に婚約者を捨てたのではないだけいいのだろうか。

「……やはり、女性との結婚が苦痛ですか」

「俺にとっては幼なじみだったしな。小っちゃい頃は好きだったよ。将来結婚するんだぞって親に言い聞かされてたし。でも、まあ、色々あってよ。俺も趣味変わっちまったし。イイ女だったから、まともな男とくっついて欲しかったしな」

思いがけない言葉を聞いて、雪也は一瞬耳を疑った。

「え……？　それじゃ、映さんて元々は同性愛者じゃなかったんですか？」

「ああ、そうだよ。初恋は月並みに幼稚園の女の先生だったし」

「そう、だったんですか」

生まれつきでない同性愛者もいるのだということが、雪也にとっては衝撃的だった。一体どんなことを経験すれば、性嗜好《せいしこう》が変わってしまうというのだろうか。あまりにその変化が大き過ぎて、想像もつかない。

猛烈に興味はあるが、その「色々」あったことはさすがに聞くことができず、雪也は視線をさまよわせる。

「ええと、つまり……それで、映さんは今ご家族と連絡をとれない状態というわけですね」

「そういうこと。連れ戻されんのは嫌だし、俺も帰る気はねぇし」

「そんな状態で、捜索願など出されたりしていないんですか」

「それが面倒だから、俺の師匠に、俺が元気でやってるってことは伝えてくれって頼んである」

「師匠？」

「ああ。探偵のな。俺にノウハウ教えてくれた人がいるって、前に言っただろ」

「家に来てたって人のことですか？」

「そうだ。俺の両親も大概《たいがい》名前が知れてるから、脅迫だのストーカーだのの被害にあうこともあるわけ。今はストーカー規制法とかあるけど、昔の警察はそれこそ実害が出てからじゃねぇと中々動いてくんなかったらしくてさ。探偵なんかのお世話にもなってたんだよ」

「なるほど……」

「まあ、向こうもいきなり何もかも捨てて音信不通になった次男坊のことなんざ、もう諦めてるだろうしな。生きてることさえわかりゃ、もうどうでもいいんだろ」

「そんなことはありません」

映の自虐的な台詞《せりふ》に、思わず反抗する。

「ご家族は、絶対に心配しているはずですよ。今でもあなたが帰って来てくれるのを待っているはずです」

「……何でそんなこと、わかんだよ」

「家族って、そういうものでしょう」

「知ったような口きくなよ。大体雪也、あんた自分のことだって思い出せねぇんだろ。家族のことなんざわかるはずがねぇじゃねぇか」

映の頭に血が上《のぼ》りかけたそのとき、ドアをノックするような音が聞こえた。ハッとして口をつぐむ。一瞬、事務所を静けさが包み込む。

「あのう、よろしいでしょうか」

今度は紛《まぎ》れもなく、誰か来訪者の声がドアの外から聞こえる。

二人はまさかという顔で視線を合わせ、慌ててテーブルの上の弁当を片付け始めた。本来、そこは来客用のテーブルだ。茶飲み雑談用の場所ではないのである。

「はい、どうぞ」

雪也がドアを開けると、そこに立っていた人物を見て、映はソファから立ち上がった。

「加代子《かよこ》さん……」

「あら、いやだ……。本当に、ここはあなたの仕事場なのね。映君」

加代子さん、と呼ばれたのは、上品で美しい中年女性だ。雪也は複雑そうな表情を浮かべる二人を、戸惑いながら交互に見つめた。

「あの、どうぞお座り下さい」

「ありがとう」

女性は雪也の顔を眩《まぶ》しそうに見つめ微笑《ほほえ》んだ後、映に向かって首を傾げる。

「……こちらは、従業員の方ね？」

「まあ、そんなようなものです」

映はぶっきらぼうに答え、気まずそうに女性に席を勧めた。

「あなたが本当に探偵をやっているなんて……。画壇の大きな損失だわ」

「そのことは……どうかご勘弁下さい。俺など、大した人間ではありません」

「あら、それはあなた自身に対してだけでなく、他の方々にとっても侮辱《ぶじょく》だわ。僅《わず》か七、八歳だったあなたが描いた猫の絵を見て、あなたのお父様の多くの門下生さんたちが自信をなくして辞めていった、というのは有名な話よ」

「加代子さん、それにしても、なぜここが？」

映は加代子のお喋《しゃべ》りを半ば無理矢理中断した。よほどこの話題が嫌だったのだろう。

加代子はそれを気にする風でもなく、少し困ったように微笑んだ。

「それは……三池《みいけ》先生に教えて頂いたんです」

「……そうでしょうね。それしかないはずだ」

「先生を責めないで差し上げてね。あなたが探偵をしているというのを聞いて、私がどうしても映君に頼みたいと先生に泣きついたんです。あなたの家の方には絶対に秘密にすると約束もしました」

「一体、どうしてそこまでしたんです」

「三池先生、この前から急にご体調を崩されてしまったの。だから私の依頼に取りかかる前に動けなくなってしまって。それで、他の探偵さんを紹介して下さろうとしたの。だけど、私はよく知らない方にうちの事情をお話しするのがとても嫌で……先生のお知り合いの方は信頼できるとわかっているんだけれど」

「加代子さん、ご家族に何かがあったんですか」

加代子が言葉に詰まり、少し俯《うつむ》いたとき、タイミングよく雪也が紅茶を持ってくる。

「あら、ありがとう」

雪也を見上げにっこりと微笑む加代子に、雪也も微笑み返す。

「素敵な方ね。丁度うちの長男と同い年くらいかしら」

「さあ、どうでしょう。篤志《あつし》君、お元気ですか」

「ええ。来月結婚するのよ」

「へえ。おめでとうございます」

「ありがとう」

嬉《うれ》しそうに笑ってから、不意に加代子は表情を曇らせる。

「問題は、弟の周《あまね》なのよ」

「周君……どうかしましたか」

「あの子、今行方不明なの」

「えっ……。周君が」

映は驚いて、束《つか》の間《ま》言葉を失っていた。加代子の息子たちとは面識があるようだ。

「周君、今、おいくつでしたか。篤志君の、確か十歳下でしたよね」

「ええ。二十二よ。大学生なの」

「もうそんなですか。俺が覚えているのは、小学生くらいまでだから」

「そうよね。……あの子、中学校に入ってから素行が酷《ひど》くなって。高校からは一人暮らししているわけでもないのに、ほとんど家に帰らなくなっていたの」

「なるほど……じゃあ、今回の行方不明というのは」

「全然連絡がつかないのよ。周の友達に聞いても、誰も知らないと言うし」

「何日くらい前からですか」

「もう一月《ひとつき》になるわ」

「そんなに！」

「今までもそうだったから、すぐに連絡がつくようになると思ったの。でも、聞いてみたら、周の仲の良い友達二人も、姿が見えないと言うのよ。それで、不安になって」

「警察には？」

「行けないわ。もうすぐ篤志の結婚式なのよ？」

　加代子の必死な様子に、雪也は違和感を覚える。なぜ、長男の結婚式だからといって、次男が行方不明なのに警察に届け出ないのか。

　しかし、映は事情を把握している様子で、ただ頷《うなず》いている。

「では、篤志君のお相手の方は周君の失踪《しっそう》を知らないんですね」

「もちろんよ。今まで周の行状のこともひた隠しにしていたんですから。もしもそのことで今回の縁談が壊れてしまったら、とんでもないことになるわ」

「それで、篤志君の結婚式の前に周君を見つけ出したいというわけですね。決して大事《おおごと》にするのではなく」

「ええ……そうなの。もう頼れる人はあなたしかいないのよ、映君」

涙ながらに懇願する加代子の顔は、中年女性ながら美しく、憐《あわ》れを誘う。しかし、映の心は女性の涙では動かない。見るからにやや面倒くさそうな様子で、うーんと考え込んでいる。

「三人、行方不明になっているんですよね……。他の二人の親御さんはどうしているんですか」

「わからないわ。もしかしたら捜索願は出しているかもしれない。でも、周同様に色々と遊んでいる子たちのようだから、私と同じように気づいていないのかもしれないわ」

「そうですか……中々難しそうですね。手がかりも皆無ですし」

後ろに控える雪也にも、映の断りたいオーラが見て取れる。仕事がないにもかかわらず、あまりにも面倒そうな案件は、たとえ知り合いの依頼といえども受けたくないのだろう。

いや、知り合いだからこそ、かもしれない。これまで家族とは繋がりを持とうとせず、拒絶をしていたとさっき聞いたばかりだ。家族に繋がりそうな事物からは離れたいのが本音《ほんね》だろう。

「ねえ、どうか調べて頂戴《ちょうだい》。先生が作って下さった三人の資料も頂いてきたし、写真も持ってきたのよ」

加代子は映が諾と言う前に、テーブルの上に書類と写真を並べた。何とか依頼を受けてもらおうと必死の様子だ。

その写真を見て、途端に、今まで渋い顔をしていた映の表情が、一変する。

ぶるぶると震え始める映。

「なんてことだ……」

「こんな可愛い男の子たちがいなくなってしまうなんて。誰かにさらわれていたりしたら、大変だ！」

怒りに雄叫《おたけ》びを上げて立ち上がる映の背後から、雪也はテーブルの上の写真を覗《のぞ》き込《こ》む。

案の定、そこに写っていたのは、女の子と見まごうような、まだ少年と言っていいほどあどけない顔立ちをした、可愛らしい学生たちだった。

「あなたは何というか、性欲で動いてますね」

「何とでも言ってくれ。俺は美少年のためなら何でもしてやる」

俄然《がぜん》ヤル気になった映を呆《あき》れ顔で眺めながら、雪也は写真を眺めた。こういう顔が映の好みなのか、という気持ちで見ていると、「育ちはよさそうだが、そこまで美少年でもないじゃないか。案外見る目ないな」などと考えてしまうのが、何やら自分でも不快である。

「それにしても、あの女性、どうして警察に頼まないいんです？　三人も行方不明になっているのに、それでも内々で済ませたいだなんて」

「彼女は有名私立学校の理事長なんだよ。幼稚園から大学までの一貫校で、自分の息子たちもそこに入れてる。だからどんな悪さしたって、大学まで上がれるわけだ」

「著名な教育者だから息子の失踪を大事にしたくないってわけですか。長男の結婚とはどういう関係が？」

「長男の篤志君は近々政界に打って出るらしいな。今度の結婚相手も財界の有力者のお嬢さんだそうだ」

＊＊＊

「なるべくスキャンダルは出したくないってことなんですね。出来の悪い次男に長男の出世の足がかりを邪魔させたくないと」

「そういうこった。まあ上流階級の事情なんて、どれもこれもクソみてぇなもんだよ」

「そんなに体面が大事ですか。自分の息子なのに、心配じゃないんでしょうかね……」

「周君は加代子さんの実の息子じゃねぇしな。旦那の愛人が産んだのを、大金押し付けて、無理矢理自分とこの籍に入れたんだ」

「ああ……。それなら、納得です」

その息子が可愛いと思えないのも、息子自身がグレてしまうのも。

それに、いくら知り合いが探偵をやっているとは言え、それだけの財力があるならばいくらでも金にものを言わせて探す方法がありそうだ。そうせずに、最低限の出費、最小限の労力、そして秘密が長男の結婚相手周辺に漏れないことを第一に考え、ここへ来たのだろう。

もしかすると見つけ出すことができないかもしれない。万が一の場合に手遅れになるかもしれない。そんな不安は微塵《みじん》もなく、彼女はただ長男の結婚式のことだけを心配していた。そこに、親の子供への無条件の愛情は見られない。

「あの人は俺の母親のお友達なんだけどな。まあ、俺の母親が旧華族の家柄ってバックグラウンドを持ってなけりゃ、近寄っても来なかっただろうな」

「世の中にはそういうオトモダチもいるんですね」

「そういうもんなんじゃねぇの？　あの界隈《かいわい》じゃ、打算のない人間関係なんて滅多《めった》にねぇよ」

「あなたもそうなんですか？」

　雪也の問いに、映は少し驚いた顔をする。

「何言ってんだ。少なくともあんたは違うよ、雪也。誰が記憶喪失の怪しい男なんか打算で引き取るんだよ」

「そうですよね。俺はこんなデカイ男で、美少年でもないですしね」

「何だよ、もしかして拗《す》ねてんのか？」

　映は苦笑して、まるで小さな子供にするように、雪也の頭をくしゃくしゃと撫《な》でた。

「さっきのことはさ……謝るよ。冗談だったんだ。あんたはノンケなんだし、俺の趣味に巻き込むつもりはねぇよ」

「それは、パトロンとの関係も切るつもりはないってことですか？」

「まあ、そうだな。今は無理だ」

　映の言葉に、雪也の顔に落胆の色がよぎる。その表情を見なかったふりをして、映は加代子が持参した資料を捲《めく》った。

「とりあえず、加代子さんの件、片付けちまおうぜ。早速周が常連だったっていうクラブで聞き込みだ」

「どこのクラブですか?」

　書類を覗き込むと、そこには行動範囲、よく行く場所、身長だの体型だの、好物や性格、声の高さ、口癖《くちぐせ》まで書いてある。三池先生と呼ばれていた映の探偵の師匠が手がけたものらしいが、かなり綿密に調べた跡が窺《うかが》える。

「うわ。ファンタズムですか。ここ、確か若い子ばかりのクラブですよね。色々と評判悪いですよ」

「何でんなこと知ってんだよ」

「……何ででしょう。宇宙的にも有名だったのかな」

「んなわけねーし。ま、わかってんなら話が早い。俺は思いっきり若作りするから、あんたも場にそぐわない上品な格好はするんじゃねぇぞ。股《また》の緩い女コマしまくるつもりで行けよ」

　その言い草に、雪也は眉《まゆ》を顰《ひそ》める。

「前から思ってたんですけど、映さんて口悪いですよね」

「堅っ苦しい会話が嫌いなんだよ。さっきの加代子さんとの喋りでストレス溜《た》まりまくってんだ。おら、とっとと準備しろ」

「はいはい」

美少年探しにやたら張り切っている映に、説明のつかない苛立《いらだ》ちを感じつつ、雪也は重い腰を上げた。

何となく、この依頼はまずい方向へ向かいそうだというきな臭いものを感じながら。

一服盛られて

思いっきり若作りする、という映《あきら》の言葉に、何か嫌な予感を感じていた雪也《ゆきや》だが、果たしてその予感は現実になった。

「どうだ。俺もまだまだいけるだろ」

「いけるっていうか……飲酒も止められかねないですね、それは」

「へ？　そこまで下がったか？」

「完全に、粋《いき》がってチャラい服着て頑張ってる高校生です」

ヴィンテージ風のデニムに無骨なウォレットチェーン、ぴったりしたVネックの黒いカットソー、シルバーのネックレス、先端がクロコ調のエナメルの靴。

「肌も白いし髪も黒いし、ピアスも空いてないし。悪さを醸《かも》そうと必死な真面目《まじめ》な子ですね。あのクラブの中にいるとすると」

「なんだそれダセェな……目立つのがいちばんだめなんだけど」

「服装ではさほど目立ちはしないと思いますけど……馴染《なじ》みもしませんね」

「うーん。ま、別にいいか。お前が隣にいれば、悪いオニイサンに連れてこられたクラブ初心者みたいな感じで丁度いいかもしんねぇし」

「俺、そんな風に見えますか？」

「見える見える！　サングラスの威力は偉大だな。あとその開襟シャツとか金のネックレスとか、やっすいチンピラっぽくていいわー」

加代子《かよこ》から貰《もら》った軍資金で二人で買ってきたものをデタラメに着て、年甲斐《としがい》もなくキャッキャとはしゃいでいると、これから遠足にでも行くのかという気分になってくる。

とにかく、目立たないように調査をしてくれと頼まれている。場にそぐわない格好をして、注目されてしまうのが最も厄介《やっかい》だ。

「雪也は女当たってくれ。俺は男に聞く。周《あまね》と、祐紀《ゆうき》と、久司《ひさし》。三人の特徴は覚えてるか？」

「覚えてますけど……何であなたが男で俺が女なんです？」

「簡単だろ。あんたの方が女受けするし、女はあんたの興味引こうとしてベラベラ喋《しゃべ》ってくれるし。俺みたいにちっこいのは男に基本ナメられて警戒されねえし」

「美少年漁《あさ》る気じゃないでしょうね」

「何だよ、信用ねぇな。仕事中にんなことしねぇよ」

その仕事を美少年目当てに引き受けたのはどこのどいつだ。と言いかけたものの、また拗《す》ねてるだのなんだの言われそうで、雪也は口を閉ざす。

「軽く何か食べてから行こうぜ。腹が減っては軍《いくさ》はできぬ、ってな」

調査するための準備をして、事務所を出る。

どこからどう見ても十代の少年にしか見えない映と連れ立って歩くと、雪也はなんだか自分がいけないことをしている気分になってきた。

(自分の娘くらい歳の離れてる女が好きなエロオヤジってのは、こんな気持ちなのかね)

などと、見当違いな想像をしてしまう。

一度映に誘われたからといって我ながら安直だと思うが、何かの拍子で彼をそういう目で見てしまいそうになる。絶対に無理だと思っていたのに、実際自分の下に組み敷いてみて感じたものは、「アリ」だということだった。

(この人自体が中性的だということもあるかもしれない。けど、一度意識すると、妙な色気があるんだよな……)

そう言えば、今になって、リカコが妙なことを言っていたのを思い出す。雪也に対して、体で払ってとかいうタイプか、と聞いたり、映の周りにはそういうのが集まる、とか。

(パトロンだけじゃなくて、日頃からそういう目にあってる、ってことか)

映自身が同性愛者なのだし、先日行ったクラブのような場所に出入りすることもあるのだろうが、リカコの口ぶりでは頻繁にそういった人間が近寄ってくるという感じだった。けれど、意識してそういう目で見てみれば、映がその類《たぐ》いの男を引きつける何かを持っているのはわかる。フェロモンというのだろうか。

（いや……深く考え過ぎるのはやめよう）

気づけば唇だの首筋だの腰だのに目が行ってしまう自分を否定しつつ、とにかく今は任務に集中することにする。

周たちが頻繁に通っていたというクラブ・ファンタズムは都内でも知名度のある箱で、かなり若い客層であり、三つのフロアはどこも人でいっぱいだ。ジャンルはトランスやハウス。見るからにナンパ目的の若い男女で溢《あふ》れ返《かえ》っている。

雪也が映と最初の依頼で行った箱とはまるで規模が異なるし、雰囲気も別物である。ゲイクラブの方はここと同じように大音量の音楽に包まれていながらも、まさにアンダーグラウンドといった密《ひそ》やかな言葉が相応《ふさわ》しかったが、ここはまるで東京の騒音を全てかき集めてきたような騒がしさと賑《にぎ》やかさで、自分自身がこの空間に取り込まれてしまったように感じるのだ。

「それじゃ、作戦開始。一時間後に入り口付近で会おうぜ」

「わかりました」

耳に唇を押し付ける距離でないと、やはり声が聞こえない。映が聞き込み中に変な気を起こさないか、もしくは起こされないかを心配しつつ、雪也も情報を集めることにする。

手始めにぐるりとホールを見渡してみたが、やはりいちばん話が聞けそうなのは、通路やトイレ付近にたむろしているナンパ待ちの女の子だろう。

そこへ足を向けると、座り込んで喋ったりスマートフォンをいじっていた男女の視線が一気に雪也へと集まる。目立つつもりはなかったが、やはり年齢と身長のせいか。

雪也はその中でいかにもガードの緩そうな二人組に話を聞くことにした。

「お兄さん、初めてぇ？」

「あんまり見ないよねー。こんなカッコイイ人」

話しかけようと思ったら、向こうの方から黄色い声が飛んでくる。ここはそのノリに付き合うことにした。

「そうそう。俺、友達探しに来たんだ」

「えー？　トモダチー？」

「他のクラブで知り合ったんだけど、最近見ないからさ。周って奴、知ってる？」

具体的な名前を言われて、女の子たちは顔を見合わせた。

「アマネ？　ゆみ、わかる？」

「アマネはわかんない。アマノじゃなくてぇ？」

「違う違う。じゃあさ、祐紀と久司は？」

「ヒサシわかるよ！　あれ？　あいつそう言えば最近いなくない？」

当たったかもしれない。最初に聞いた人物で脈ありとはラッキーだ。内心ほくそ笑んだ雪也には気づかず、彼女たちは自分たちの話に盛り上がっている。

「ヒサシってあれでしょ、妙に声高いアイツでしょ」

「そうそう。下ネタ好きな超ウゼエ奴。あいつさ、なんかヤバいおっさんと揉《も》めてたじゃん。一緒にいた友達と首摑《つか》まれて外に連れ出されてさぁ」

「え、それから来てないっけ？　ヤバくない？」

「揉め事起こしてたのか。それ、いつのこと？」

「えっと……いつだろ。あ、年明けて初めて来たときだから、一月の最初だよ」

一ヵ月半ほど前か。周が失踪《しっそう》するよりも前の話だ。三人同時にいなくなったわけではないのだろうか。

雪也は考えを巡らせながら演技を続ける。

「困ったなあ。あいつに頼み事してたのに」

「マジでぇ？　かわいそー」

「そうなんだよ。連絡とれなくなって、参ってたんだ」

「頼み事って……もしかして、アレ？」

一人の女の子が含み笑いをする。

「お兄さん、そんなことしなくたって全然女の子にモテそうなのにぃ」

「いや、そんなことないよ」

(アレだと？　アレって何だ)

けれど、彼女の表情にピンとくるものがあった。ダメ元で山をかけてみる。

「何でもさせてくれるって話だったたし、後腐《あとくさ》れもないしね。あと、結構レベル高いって聞いたからさ」

「え～ピンキリだよぉ。客だって、お兄さんみたいなカッコイイ人なんて滅多《めった》にいないし。大体汚いオジサンばっかり」

「君もしてるの？」

「うん、前にちょっとね。でもあたし、お兄さんだったらお金なんていらないよ」

その言葉で、疑惑が確信に変わる。頭の奥が冷えていくのを感じた。

(やっぱり、売春か)

にわかには信じ難いことだが、周を含めた彼らは、自分たちとそう歳の変わらない女の子たちを使って、売春をさせていたようだ。

嫌な予感がする。いなくなった彼らは、今どこにいるのか。

「じゃあ揉め事って、客とのトラブルとかだったのかな」

「違う違う、あんな危なそうなお客いないよぉ。明らかにヤバい人たちだったもん」

「ヤクザってこと？」

「多分そう」

何となく予想がついた。彼らが売春をしていた場所は、そのヤクザのシマだったに違いない。自分たちのテリトリーで勝手に商売をしている連中がいるのに気づいて、それを見逃す阿呆《あほ》はいない。ヤクザはナメられたらおしまいの商売だ。しかも、まだ卵の殻をかぶっているような尻《しり》の青い学生たちに女衒《ぜげん》の真似事《まねごと》をされたんじゃ、たまったものじゃないだろう。

（さすがに、殺されることはないだろう。痛めつけられて……それから？）

久司という周の友人は、彼女たちの言葉を信じるならば、いなくなってもう一ヵ月半だ。周は後から失踪して、一ヵ月音信不通。

背筋にじわりと悪寒《おかん》が走る。もしかすると、最悪の展開も想定しなければいけないのか。

「お兄さん、今日はもうヒサシには会えないよ。どうするの？」

気づけば、期待を込めた眼差《まなざ》しを送る彼女が腕にすり寄っている。押し付けられた柔らかな乳房。服の上からでもわかる、しこった乳首の感触に、本能的に下腹部がじんと痺《しび》れ、息が少し上がってしまう。

ちょっと誘えばその辺の暗がりでもこの子は好きにさせてくれるだろう。すでに若い女の発情した甘酸《あまず》っぱい匂《にお》いが鼻先に漂っている。

(女、抱きてぇな)

そう言えばしばらくご無沙汰《ぶさた》なのだ。映の事務所に転がり込んでから、禁欲生活が続いている。こんな簡単な媚態《びたい》にも反応してしまうほど、飢えているということだ。

「……もう少し周たちのこと知ってる奴に話聞いてみるよ」

「えー？　なんか必死だね」

「俺、あいつに金貸してんだ」

適当な言い訳を作って、不満げな彼女たちの包囲網を抜ける。

もう少し確証が欲しい。常連を探せば、周たちを知っている人物が必ずいるはずだ。

雪也はそれから数人に話を聞いた。女の子たちは皆口が軽く、こちらが掘り下げて聞かずとも、はしゃいで色々なことを喋ってくれた。

もはや、三人が女の子たちを使って売春をしていたことは確実だった。喋ってくれた子の中にはトラブルに巻き込まれかけたという子もいた。普通の客だと思ってホテルに行ったら、相手がヤクザだったというのだ。

「ホント怖かったよ。ナイフ突きつけられてさ。周たちのこととか、色々喋らされた。することもきっちりされちゃったけどね。二時間って言ったのに、なんか四時間くらいガンガンやられたよ。殺されるんじゃないかって、超怖かったー」

などとあっけらかんと語るので、内心呆《あき》れてしまった。

彼らは最初仲間内で遊びの延長で売春まがいのことをしていて、簡単に儲《もう》かることに味をしめ、どんどん大きく展開していったらしい。女の子の数はそのときによって違うが、大体十人ほど。専用の番号を作り、そこを窓口にして手配をする。特別な宣伝などはせず、口コミで客を増やしていたようだ。

「アマネも時々やってたけど、ユウキは雑誌の専属モデルとかしてたからね。あいつらカッコイイしモテるから、言うこと聞く女の子いっぱいいるんだよ。皆も手軽にお金欲しいし。そうそう、自分の彼女にまでやらせてたりしたみたいよ」

「彼女にまで？　ひどいな」

「ひどいよねー。最初はお酒でずぶずぶにしちゃって、やらせちゃったみたい」

「そんなことさせられて、何で別れなかったの」

「わかんないけど、かなり惚《ほ》れてたんじゃない？　あたしだったら絶対別れるけどさぁ、相当依存してたのかもね。その子も読者モデルとかやってて可愛い子なんだけどさ。アイっていうの。今月号のオーヴにも載ってたよ」

情報はあらかた集まった。祐紀の彼女のことまで摑めたし、もう十分だろう。

気づけば、丁度一時間という頃合いだ。待ち合わせ場所に行く前に、トイレに向かう。

（映さん、ちゃんとやってるだろうな……）

ヤリタイ盛りの若い男女が密集した場所だ。万が一好みの美少年に誘惑された場合、あの人がそれを拒否できるとは思えなかった。

トイレに入ると、薄暗い空間になぜか二人の男が奥の個室の前に陣取っている。何か違和感を覚えつつ、素知らぬふりで小用を足す。

個室で何かが行われていることは明白だった。衣擦《きぬず》れの音に、粘《ねば》つく体液の音。男子トイレに女を連れ込んでいる猿がいるのだろう。先日のゲイクラブもここも、人間というやつは基本的に変わらないらしい。

「うっ……、ゃ、あ」

くぐもったうめき声がする。

(女じゃない)

一瞬にして、鳥肌が立つ。どうしてゲイクラブでもないのに、男同士で個室に閉じこもっているのか。

しかし、こういった場所でも、異常な状況に転がり込みそうなトラブル体質の人物が、一人いる。

「ああ、や、やめ」

今度は、はっきりと声が聞こえた。

それが誰かわかった瞬間、雪也は動いた。

個室の前に陣取っている男の一人を前触れもなくいきなり殴りつけ、股間《こかん》を蹴《け》り上《あ》げると、声も上げずにうずくまる。

「このやろ……っ」

もう一人が殴り掛かって来るのを顔を逸らして避《よ》け、そのまま顎《あご》の下に拳《こぶし》を喰《く》らわせて動けなくさせる。

(呆気《あっけ》ない。ケンカ慣れしてねぇな)

一瞬件《くだん》のヤクザ絡みかと考えてひやりとしたが、そういうことではなさそうだ。本職ならば、見張りにこんな見かけ倒しの男たちは使わない。

頭の片隅でそんな分析をしつつ、思い切りドアの中央を蹴りつける。一度目でドアの板がへこみ、二度目で鍵《かぎ》ごとぶち破る。

「な、何なんだよアンタ⁉」

個室の中で腰を抜かしていたのは半分尻《しり》を出してみっともなく萎《な》えたものを震わせている金髪の男だ。ご丁寧に下の毛まで金色に染めてある。

そして、便座に縛り付けられていたのは、やはり下半身を露出してぐったりしている映だった。

「てめぇ……」

それを見た瞬間、ギリギリで平静を保っていた頭が瞬間的に煮えたぎる。

「ぎゃあっ‼」

考えるよりも先に、体が動いていた。気づけば男が情けない声を上げて壁に打ちつけられ、鼻から血を噴いている。長い前髪を摑んで、更《さら》に壁に叩《たた》き付《つ》けようとしたとき、

「あ……、ゆきや……？」

と、映の虚《うつ》ろな声が聞こえ、雪也はハッと我に返った。

（そうだ。長居はしていられない）

本当は心行くまで男を痛めつけたかったが、映の身の安全の確保を優先する。

「もう大丈夫ですよ」

角にしゃがみ込んでヒイヒイ泣いている男を放置し、映の腕の拘束を解く。床に落ちていたデニムを穿《は》かせたが、尻の方が何かでぬめっていることに気づき、腹の奥が熱くなった。

「あれぇ？　お兄さん、どうしたの？　その子」

映を担《かつ》いでトイレから出てくると、最初に話をしてくれた女の子が話しかけてくる。

「友達が酔っちゃって。今日はもう帰るよ」

「そうなんだぁ。あたし週末はいつもここだから。また会いに来てよ！」

手を挙げて笑いながらその場を離れ、通りに出てすぐにタクシーを拾う。映のマンションの場所を告げ、隣にぐったりと身を沈める映を観察する。

殴られた痕《あと》はないようだ。そのことにホッとしながらも、あの個室の光景を思い出すとはらわたが煮えくり返る。

映は顔が赤く、瞳《ひとみ》が潤んでぼんやりとしている。何か飲まされたのかもしれない。

「全く……あなた、どれだけトラブルホイホイなんですか」

「うう、若く、作り過ぎたのが、だめだったぁ……」

「そういう問題じゃありません」

「美少年じゃない奴に、弄《いじ》くり回されたぁ……気持ち悪ぃよぉ……」

「そういう問題でもないっ！　あなたねぇ……」

不意に、びくん、と映の肩が揺れる。

腰をもじもじとさせて、居心地が悪そうに眉《まゆ》を顰《ひそ》める。

「大丈夫ですか。どこか痛いですか」

「ん……大丈夫。平気……」

「あの……その、最後まで、されましたか」

「いや、寸前、だったから」

それを聞いて安堵《あんど》する。しかし、あと少し遅れていたらと思うと、あのときトイレに行った自分を褒《ほ》めてやりたくなる。

「顔、赤いですけど、どうしました」

「酒、無理矢理飲まされ、ちまって」

「だめなんですか」

「全然……」

「映さん、子供舌ですもんね……」

その小さな頭を撫《な》でながら、もう少しですよ、と囁《ささや》く。

下手をすると行方不明者が四人になりかねないような事態だったが、こうして無事救出できたことに、今更胸にじわりと安堵が広がる。

マンションにつくと、ふらふらの映を支えつつ、何とか部屋へ辿《たど》り着《つ》く。

すぐにシャワーでも、と思ったものの、映の様子を見て、まず少し休ませようとベッドへ横たえた。

「水でも持ってきますか」

「いや、それは、いい、んだけど……」

映の頬《ほお》がいよいよ紅潮している。腰を揺すって、今にも泣き出しそうな顔で悶《もだ》えている。

「具合悪いんじゃないですか。薬、買ってきましょうか」

「うう、ごめ、なんか、細長いの、持ってきて……」

「は？　細長いの？　薬のパッケージですか？」

「ち、違う、そうじゃなくて……」

映はしゃくり上げるように喘《あえ》ぐ。その表情に、雪也は本能的にあらぬ欲が込み上げる。

「ケツに、変なもん入れられた……中、擦んねぇと、おかしくなる……」

「け、けつ……」

そう言えばデニムを穿かせるときに何か濡《ぬ》れた感触がした。あれは、媚薬《びやく》の類いだったか。

「その変なもん、掻《か》き出《だ》せば楽になりますよ」

「無理、だって……染み込んでん、だからぁ……！」

「俺がやってあげますから」

問答無用でデニムを剝《は》ぎ取《と》る。ゆるく勃《た》ち上《あ》がったペニスが心細げにふるりと揺れる。

初めて見る映の性器。しかし、なぜか気持ちが萎えることもなく、逆に変に興奮してしまう。

（っていうか、パイパンじゃねぇか）

映の下腹部に陰毛はなく、つるりとしていて、まるで子供のようだ。

パトロンの趣味か。そう思うと、嫉妬《しっと》のような暗い感情が胸に渦巻き、歯ぎしりしたくなるような衝動に突き動かされた。

「こんなにして。早くその変なものを取り除かなきゃいけませんね」

「な、何で、あんたがっ……」

「媚薬まで仕込まれちゃったあなたが悪いんですよ。大人しくしてて下さい」

腰の下にクッションを突っ込み、脚を開かせる。映は僅《わず》かに抵抗したが、そのふっくらと充血したアナルに無遠慮に指を突っ込んだ途端、大人しくなった。

「ふうぅっ」

「……すごい、ですね。なんだこれ……」

くちゅ、くちゅ、と濡れた音を響かせて中を探《さぐ》ると、まだ中に残っていたカプセルらしきものがぶちゅんと割れ、とろりとしたものがこぼれていく。

「あっ。やばい、中で潰《つぶ》した」

「あーっ……、あぁ、ふぁ、そこ、いいぃ……」

「ちょっと……何気持ちよくなってんですか」

「うう、もう、何でもいいから、そこ、もっとぉ」

完全に媚薬に負けている映が、火照《ほて》った肌を震わせて懇願する。

雪也は舌打ちをしつつ、己《おのれ》の欲望を紛《まぎ》らわすように、乱暴に指を動かした。

「そこってどこなんですか。ここですか、お客さん」

「ああうっ！　いひぃ、あ、いい、そこ、そこ」

「そこ、じゃありませんよ……。何で俺が風俗嬢でもないのに、あなたの尻の中をマッサージしなきゃいけないんですか、全く……」

腹立たしいのを装《よそお》いながら、自《みずか》らの息が荒くなっているのを誤魔化《ごまか》す。ペニスの裏側の僅かなしこりは、前立腺《ぜんりつせん》だろう。さすがに男の尻に指を突っ込む機会などないので初めて直《じか》に触れたが、直腸から少し強めに押すとこんなにわかりやすい膨らみだとは知らなかった。個人差があるのだろうか。

コリコリとその膨らみを転がすと、映が大げさと思えるほどにビクビクと震えて、先走りを漏らす。

「ふあぁ、あああ、あ、いい、いいよぉ」

「AV女優みたいな声出さないで下さいよ」

「だ、だってえ、あああ！　あ、はあぁ」

指を増やしてぐりぐりとそこをこね上げると、一層《いっそう》声が高くなる。雪也の指を包み込む括約筋はきりきりと絞り上げるのと、誘うように吸いついて緩く絡み付く動きを交互に繰り返し、中の粘膜はとろとろに柔らかく蕩《とろ》け、指をきゅうきゅうと締め付ける。

それを自身のペニスにされたらと想像すると、一気に頭に血が上《のぼ》り、息が乱れ、汗が滲《にじ》み、目眩《めまい》がしてくる。

（俺は、媚薬なんか使ってないはずなのに）

映の惑乱に当てられているのだ。か細い肢体をくねらせ、淡い色のペニスを揺らしながら、尻で女のように感じている様が、あまりに倒錯的で、あまりに淫《みだ》らだ。

「ううあ、ああ、も、いく、いきそ……っ」

「はいはい、早くいって楽になって下さいよ」

四本目の指をぐちゅりと入れてがつがつと前立腺の膨らみを押し上げる。

映は途端にびくんと大きく腰を浮かせて、涎《よだれ》をこぼして胸を大きく上下させる。

「あああっ……あーっ……、あ――……」

(いってる……？　射精、してないのに……)

ひく、ひく、と震えながら、絶頂の様子を示しているものの、ペニスから精液はこぼれていない。

(これがドライオーガズムってやつか)

それこそ話にしか聞いたことはなかったが、射精せずに前立腺への刺激で達するという現象があったはずだ。射精を伴わないので、女性のように何度でも絶頂に到達できるのだという。

「あふぁ……あはあ……」

とろんとした目つきで腰を揺する映は、まだ達し続けているようだ。

(エロ過ぎる……何なんだこの人は)

雪也はそれを見て、パンツに押さえつけられたペニスの痛みが堪《こら》え切《き》れなくなり、とうとう前を開けた。

ぶるんと勢いよく頭を出したものは、刺激していないのにすでに完全に勃起《ぼっき》している。もう、我慢できなかった。

「あの、映さん」

「ふえ……？」

「ついでと言っては何ですが、俺もいきたいんですけど」

「はぁ……どうぞ？」

「入れていいですか」

単刀直入に聞いてみると、そのときようやく絶頂の波が引いたように、映が視線をそこへ向けた。

「え、やだ」

「即答ですか」

自分は散々《さんざん》やらせて気持ちよくなっておいて、その言い草が気に食わない。唾《つば》を吐いて陰茎に撫で付けながら、雪也は映の腰を摑んで引き寄せる。

「まあ、入れますけど」

「やだって！　やだ！　じってぇやだ！　そんなスリコギみてぇなのごめんだ‼」

「スリコ……」

「そんなぶっといの無理だっつーの‼」

色々な表現を聞いてきたけれど、スリコギというのは初めてだ。そんなところに感心しつつ、雪也は全く諦《あきら》めていない。

「大丈夫そうですよ。ここ、すごく柔らかいし、パックリいってますから」

「や、やだ、やだ……そんなの、突っ込まれた、ら……」

すっかり怯《おび》えた表情で首を横に振りつつ、映のものは萎えていない。

（何だよ、本当は欲しいんじゃないのか）

雪也は都合のいい勝手な妄想をしつつ、その狭間《はざま》へ自らのものをあてがった。

「入れますからね」

「待っ……」

ぐいと押し付けると、柔らかな肉は深く押し込まれ、次の瞬間、じゅぽっと音を立てて先端を包み込んだ。

（うわ、熱い……。それに、すごく、きつい）

あまりの心地よさに気が遠のいた、そのとき。

「んうううっ」

「え」

亀頭《きとう》を埋めただけで、映は激しく震えて、勢いよく射精した。

雪也は思わずぽかんとして、その顔を見つめてしまう。媚薬の効果なのだろうか。それとも。

「映さん……いつも、こうなんですか？」

「ふ、うく……」

胸の方まで飛んだ精液を鎖骨《さこつ》の方へ垂らしながら、映は眉根《まゆね》を絞り、唇を戦慄《わなな》かせる。

「うう、ちくしょう、だからケツは嫌なんだよぉ。どいつもこいつも、面白《おもしろ》がりやがって……っ」

「あなた、男役専門、って……」

「こうなっちまうから、嫌なんだって！　俺、こんな俺、嫌なんだよぉ……」

涙をこぼして喘ぐ様が、いたいけなのに、ひどく嗜虐心《しぎゃくしん》をそそる。

美少年専門、タチ専門、と言っていたのは、自分を否定するためだったのだろうか。そう思うと、雪也の胸は正体不明の熱い情動に突き動かされた。

「あなたが嫌でも、俺は好きですよ」

「んくっ……、あ、ああっ！」

にゅぶぶ、と腰を進め、幹の部分を埋めていく。

「すごく、可愛いじゃ、ないですか……」

「あ、ぐ、うう……っ」

映の中は、熱くて、入り口が食い千切られそうにきついのに、中が柔らかく、きゅうきゅうと動いて、恐ろしく心地いい。

まるで、ずっと待ち侘《わ》びていたというように、雪也のものを食い締めてくる。精液を絞ろうとするように、ひとりでにぐにゅぐにゅと蠕動《ぜんどう》し、男根を味わっている。

「あぁ……すごく、いいです……映さんの中……」

「うう……、も、とっとと、いっちまえよぉ……っ」

「嫌ですよ。じっくり楽しみたいんですから。隅から隅まで、あなたを」

映の細い体を抱き締めて、ずっぽずっぽと律動を開始する。映は諦めたように雪也の背中にしがみつきながら、涙でぐしゃぐしゃの顔で揺すぶられている。

「あうう、あ、あぁ、くそっ……、でけぇ、よぉ……っ」

「奥、は、好きですか……？」

「う、好き、なんかじゃ、あっ」

「でも、さっきから、ダラダラ止まってないですよ……？」

「ちがっ……、こん、な、あ、あああ」

腰を入れてぐぽぐぽと奥まで押し込むと、映は死にそうな声を出して仰《の》け反《ぞ》り、体を戦慄かせ、腹に精液をこぼしている。

「んな、ぶっといので、どすんどすん、奥、突くなあっ……！」

「何でですか？　精液止まんないから？」

「そ、じゃない……っ！　あんた、意地悪だぁっ！　あ、ひあああ」

上気した顔が、猫のような瞳が、開きっ放しの赤い唇が、心地いい汗のにおいが、悲鳴のような、それでいて甘えるような喘ぎ声が、雪也を酩酊《めいてい》させる。

「映さん……」

「ん、ふぅ、うう」

吸い寄せられるように、その唇にかぶりつく。小さな口の中に舌を捩《ね》じ込《こ》んで、その奥までねぶり尽くす。

「んぐぅ、ふ、ううっ、んやぁ、は」

「嫌……？　嘘《うそ》……。上も下も、突っ込まれるの、本当は大好きなんでしょ……？」

「んううっ、ふう、う、んう」

いつまでも否定の言葉しか言わない映を懲《こ》らしめるように、唇を深く合わせ、舌の根をきつく吸う。唾液《だえき》が頬《ほお》を伝うのも構わず、映の小さな口を執拗《しつよう》に蹂躙《じゅうりん》する。

その間も休まずにくちゃくちゃずぽずぽと下半身は混ざり合い、掻き混ぜるごとに映の中は熟《う》れて、男根に擦られる悦《よろこ》びに激しく蠕動する。

（どうして、この人を今まで抱かずにいられたんだろう）

そんな疑問を覚えるほどに、映の体はまるで雪也のために作られたように、しっくりと

きた。吸いつくような肌の感触も、瑞々《みずみず》しい張りのある伸びやかな肢体も、その甘い声も、甘いにおいも、全しが雪也を虜《とりこ》にした。

今まで最大の問題としていた性別のことさえ、あまりに些細《ささい》なものだとしか、今は考えられない。

「あぅ、あ、はあ、はあ、あ、ゆき、やぁ」

「ん……？　どうしましたか……？」

「俺、も、おかしくなるからぁ……、お、ねが……」

「いいんですよ、おかしくなったって……ほら、いいんでしょ？　気持ちいいんでしょ？」

腰を大きく回し、雪也の根元をきつく絞っている、敏感な括約筋を苛《いじ》める。くぽ、こぽ、という空気の混じった音と共に、粘液がとろとろと垂れる。

映は汗の滲む額《ひたい》に髪を張りつかせ、苦痛とも悦楽ともつかない表情で悶えながら、熱く震える指先で雪也の背中を掻き抱く。

「んあああ、あ、ふぁ、あ、ん、いい、きもち、い」

「ね、いいでしょ？　気持ちいいときは、気持ちいいって言った方が、もっとよくなれるんですよ？」

「ん、くふぅ、う、はあぁ、い、い、あ、ゆきや、ゆき、あ、いいぃ」

もっと彼にいいと言わせたくて、自分の名を呼ばせたくて、雪也は躍起《やっき》になる。この如月《きさらぎ》雪也という名前。映がつけてくれた、大切な名前。

それをこんな風に、蕩けた声で呼ばれることが、こんなにも快いものだとは想像していなかった。

(あなたに、俺の名前しか呼ばせないようにしたい。他の男の名前など、呼ばせないように)

酒も媚薬も使っていないのに、雪也の思考の方が酩酊していた。名前を呼ばれる度《たび》に、酔いが深くなっていくような気がした。

「はあっ、あああぁ、いい、いいよぉ、ゆきや、ゆきや」

「ああ、いいですよ、俺も、いい、すごくいいです」

もう、どのくらいの時間、腰を振っているのかわからなくなっていた。映を固く抱き締め、尻を犯し、その頬を舐《な》め、睫毛《まつげ》を食《は》み、唇に吸いつき、舌をしゃぶりながら、雪也はすっかり溺《おぼ》れていた。

永遠にこうしていたかったけれど、さすがに終わりは近づいてきている。

「ああ、映さん、いって、いいですか。出して、いいですか」

「んう、ふ、いい、いいよ、出して、出して」

「いいんですね、出しますよ、中に、いきますよっ」

「あ、中、ぁ……」

映が何かを言いかける前に、雪也は突き上げる射精欲に追い立てられ、無我夢中で腰を振った。

「ひあっ、あ、あ、あ、んあああ」

「ああ、あああ、出る、出るっ！」

背を強く丸め、ずん、ずん、と思い切り奥まで入れると、どぼっと一気に濃厚な精液の漏れる感触がした。

「あ……中、で……ふぁ……あああ……」

映は虚ろな声で喘ぎ、震えながら、ペニスからぴゅるっと透明な液体を噴いた。

「はぁ……すご、かったぁ……」

映を抱き締めたまま、最後の一滴まで絞り出し、雪也は法悦のため息を落とした。まさに極楽だった。腹上死する人の気持ちがわかったような気がする。

「あれ……映さん……？」

ふと下を見れば、映は小さく胸を上下させながら、意識を失っていた。寝てしまったのか、それとも気絶したのか。わからないけれど、あまりにも一瞬のことだった。

そのぐったりとした様子を見た瞬間、高まっていた熱が不意に冷めていく。

（なんか……これ、やっちまったな……）

この歳になって、勢いでここまでしてしまうとは思わなかった。

（まあ、でも……後悔はしてないけど）

こうなったら、自分に正直に、そして映のために、できる限りのことをしなくてはならない。

何も知らずに静かな寝息を立てる映の頬を撫でながら、雪也は、心の中でとある友人に深く詫《わ》びたのだった。

——少しだけ、我慢してみようか。

最初のきっかけは、トイレに行きたいと言った映《あきら》にかけられたその言葉だった。

六歳上の兄の友人で、優等生だった。本当の弟のように映を可愛がってくれて、勉強もよく見てくれたので、親の覚えも目出《めで》たく、いつの間にか当然のように家に出入りするようになっていた、あの男。

排泄《はいせつ》を我慢させられて、その感覚のきざしを覚えさせられた。次第に、遊びの延長で、肛門《こうもん》を弄《いじ》られるようになった。色々なものを、入れられるようになった。

そして、最後は。

気づけば、それは習慣になってしまっていた。思春期を迎えて、強烈な自己否定と捩《ね》じ曲《ま》げられた性癖のために、かつて自分がそうされたように、体の小さな、幼く見える同性を好むようになった。

もしかすると、あの男もそうだったのかもしれない、と思う。小柄な、優しげな顔の男だった。

カーテン越しに部屋を照らす柔らかな朝日に誘われて、ぼんやりと目を覚ます。

体は綺麗《きれい》に清められ、清潔な寝間着《ねまき》に包まれている。

喉《のど》が渇いて、キッチンまで水を取りに行こうとして床に足を下ろすと、妙な具合になって、うまく歩けず、その場にへたり込んだ。

（この感覚、久しぶりだな……）

寝ぼけている影響もあるが、これは紛《まぎ》れもなく昨夜のスリコギのせいである。

（あんなデケェの、無理だって言ったのによ）

舌打ちしつつ、頭を振って考えるのをやめる。あの感覚を思い出すと、また体が勝手に達しそうになってしまうに違いない。この体は厄介《やっかい》だ。脳が体の奥に直結しているように、一度「その状態」になると、容易《たやす》く達してしまう。

クラブのあの男たちに飲まされた酒と尻《しり》の媚薬《びやく》のせいでもあるが、あんなによかったのは、正直初めてだった。

「何だよ……面倒なことになっちまったな……」

一人でぼそりと呟《つぶや》くと、玄関で物音がした。廊下を歩いてくる音がして、映の部屋の前で止まる。

雪也《ゆきや》、とこちらから声をかけると、躊躇《ためら》いがちにドアが開いた。

「あ、起きてたんですね」

「どこ行ってた」

「下のコンビニです。あ、鍵《かぎ》は昨夜映さんから預かったままだったんで」

「何買ってきたんだよ」

「朝食の材料と、今月発売のオーヴです」

オーヴ。聞き慣れない名前だが、確かギャル向けのファッション雑誌だったように思う。

「っていうか、映さん、何で床に座ってるんです?」

「……あんたのせいだろうが。クソが」

「え?　俺の?」

「いい、何でもないよ。昨日は面倒かけて悪かったな」

さらりと謝ると、雪也は僅《わず》かに顔を赤くする。

「あ……、全部、覚えてますか」

「一応な。本当にすまなかった」

「あの……結局、クラブで何があってああなったんですか」

「聞き込みしてたら、失踪《しっそう》した一人の奴に彼女がいるってわかってよ。そんで、その子の連絡先教えてくれるってなって……酒飲んだら教えてやるって言うから、飲んだ」

「それでですか……」

「あんたには迷惑かけたけどさ。本物かどうかわかんねぇけど、一応連絡先は聞けたよ。そっちの首尾はどうだった」

「あ、俺も、彼女のことは聞きました。それで雑誌買ってきたんですけど」

「それで雑誌か？　何で」

「彼女が読者モデルやってるそうで」

「……俺が教えてもらったのはあんま見てくれのよくない彼女って話だったけどな。あ、もしかして祐紀《ゆうき》の方か」

「そうです、アイっていう読者モデルらしいです。そっちは久司《ひさし》君の彼女ですか」

あんな惨状になりつつも、お互いに短時間ながら違う収穫があったらしい。

「早速《さっそく》連絡入れてみますか」

「ああ、そうだな。昼頃になったらかけてみる。俺もそれまで動けそうにねぇし」

そのときようやく、映が床にへたり込んでいた理由を察したらしく、雪也は面白《おもしろ》いように狼狽《ろうばい》した。

「あの……」

「いい、何も言うな。この仕事、全部終わってからにしようぜ」

「……そうですね。わかりました」

内心ひどく慌てているのだろうが、こちらの言葉に従ってくれるのがありがたかった。映はのろのろとベッドの上に戻り、再び横になる。

「朝飯できたら持ってきますから」

「いい。少ししたら準備して、自分で歩いてくから」

雪也は何と返そうか少し迷ったようだが、わかりました、と承諾して部屋を出て行った。

一人になると、体の力が抜ける。自覚はなかったが、やはりかなり緊張していたらしい。

「ノンケの癖《くせ》によ……」

まさか、あそこまでされるとは思っていなかった。

本音《ほんね》を言えば、クラブで危ない目にあうかもしれない、という予感はあったのだ。予感というよりも、経験則だ。レイプは最悪の展開の一つだったが、少しの想定もなかったわけではない。

情報の見返りに飲酒を強要されて、もしも一人だった場合、飲まずに済む別の方法を考えていたはずだ。同じ場所に雪也がいたから、万が一のときは助けに来てくれるだろうと勝手に期待をして、飲んだのだ。

リカコの件で意外にも腕が立ちそうだということがわかったために、過剰に信用していたのかもしれない。これまでの彼の言動で、きわめて常識的な感覚を持っていて、人並みの正義感、倫理観も備えていると見込んでの、一種の依存があった。

だからこそ、昨夜の彼の行動は、唯一映が想定していなかったことだと言っていい。

「まあ、いいや。まず仕事だ、仕事」

自分にそう言い聞かせ、映は雪也について深く考えることをやめた。

＊＊＊

早速昼前に、入手した連絡先に電話をかけてみると、幸運にもそれは本物の番号だった。聞いた話からも、その声からも真面目《まじめ》な性格が窺《うかが》えたので、映は正直に久司たちの行方の調査を依頼された者であるという身分を告げ、夕方に会う約束を取り付けた。

待ち合わせ場所の喫茶店に現れた彼女は、想像よりも更《さら》に地味な風貌《ふうぼう》をしていた。名前は浅見麻里《あさみまり》。久司の二つ上で、都内の銀行で働いている至って普通の女の子だ。

「突然呼び出してしまって申し訳ありません。ご足労感謝致します」

「いえ……私も、久司君のこと、お話ししたかったものですから」

余計な不信感を与えないように、今日の映はスーツ姿である。威圧感を与えるからと雪也には祐紀の彼女の方を当たってみるように指示を出した。

「あの、こんなことを伺《うかが》うのも何なんですけど……その調査というのは、どなたが？」

先に質問をしてきたのは、麻里の方だった。それを口にしてからすぐに、唐突《とうとつ》だったと思ったらしく、顔を赤くして俯《うつむ》いてしまう。

「すみません……私ったら、いきなりこんなこと」

「いえ、いいんです、当然ですよね。本来は、依頼人のことは明かせないんですが、久司君の友人のご家族なんです。彼も今連絡が取れないようで、久司君とも関係があるのではないかと」

「あ……。そうですよね……」

麻里は納得したように小さく頷《うなず》く。

「久司君、施設出身なんです。あの、施設っていうのは、身寄りのない子供が育った場所で……だから、誰が調査を頼んだんだろう、って」

「つまり、突然いなくなっても、誰も気づかないような境遇だったんでしょうか？」

「もちろん、友達は気づくと思うんですけど、でもわざわざ調査を頼むような人は……」

久司に身寄りがないことは調査書にも書いてあったので知っている。失踪した三人のうち、戸籍上のこととは言え、両親が揃《そろ》っていたのは周《あまね》だけだ。祐紀は母子家庭だったが、母親が男とどこかへ行ってしまい、境遇としては久司と似たようなものである。

久司は日雇い労働、祐紀はモデルをして働きながらも、女の部屋に転がり込んで依存する、ほぼヒモのような生活をしていたらしい。

クラブで知り合った三人は意気投合《いきとうごう》し、それから夜遊びはどこへ行くにも一緒だったようだ。

「あの……こんなこと言うと、ひどいと思われるかもしれないんですけど……私、そんなに彼のこと心配してないんです」

「久司君はこれまでもいなくなったことがあるんですか？」

「いえ、そうじゃなくて……あ、そうなのかもしれません。私、まだ半年くらいしか一緒にいないからわからないんですけど……でも、道玄坂《どうげんざか》で見たし……」

「え？　道玄坂で？　いつですか」

「つい最近。一週間くらい前です」

それを聞いて、どうやら最悪の展開は避けられそうだと、内心安堵《あんど》する。万が一すでに命がなかった場合、さらに調査が難しくなる。

「見かけたの、本当に偶然だったんです。ホテルから女の人と出てきたの。なんだか彼女のことエスコートしてて、ホストみたいに見えたから、ああ、そっちにしたんだな、って思って……」

「そうだったんですね。それを見て声はかけられなかったんですか？」

「はい……あの、邪魔したら悪いし。実は、少し後つけちゃったんですけど、駅前で女の人と別れた後、黒い車が来て、それに乗ってどこかに行っちゃって……」

「しかし、その……お付き合いをされていたんですよね」

「私たち、付き合ってたっていっても、多分そんなんじゃないんです」

麻里は苦笑して、何かを諦《あきら》めたような顔をして、アイスミルクティーのストローをひたすら掻《か》き回《まわ》している。

「同僚の子に、たまには遊びなよってクラブに連れて行ってもらって、そのときに知り合って……行くところがないって言うから、可哀想になって、家にいてもらっただけなんで……」

「すみません、立ち入ったことをお聞きして」

「いえ、いいんです。多分、お互いそれでよかったんです。私は一人が寂しかったし、彼は居場所が欲しかったし。だから、彼が他の住処《すみか》を見つけたなら、それはそれでいいんです」

麻里の話を聞いていて、ふと、映は自分と雪也の関係のことを思った。

(俺も、もしかして寂しかったんだろうか?)

自分ではそんな風に感じたことはなかったけれど、雪也を拾って、一緒に暮らすようになってから、どこか心がいつも満たされているように思う。

家を出てから、何年が経ったのだろう。けれど、家族と過ごしているときも、あまり人に言えない性癖を抱えていたせいか、どこか孤独な気がしていた。だから、家を出て一人で生きていても、さほど気持ちに変化はなかったのだ。

それが突然、記憶喪失の男を拾い、あまりにも自然に連れて帰ろうと思ってしまったのは、雪也というハプニングが面白かった、というだけではなく、映のことを何も知らない、そして自分自身のことさえも知らないという、その存在を欲しい、手放したくない、と思っていたからではないのだろうか。

麻里は久司が他の女と暮らすようになったと思っているようだが、それならば自分もまた、自分の寂しさを癒《い》やすために、他の居場所を求める男を家に引き入れて生きていくのか。

映は、誰でもいいわけではなかった。雪也が記憶喪失だったから、よかったのだ。名前も映がつけた。住む場所も、映が与えた。空っぽな雪也の中に、一から自分という人間を受け入れて欲しかった。生まれたばかりの子犬を連れてきて、ここがお前の家なんだ、と教え込むように。

自分は、こんなにも人の体温を欲していたのだ。

映は今更、そんなことに気がついた。

＊＊＊

「それじゃ、とりあえず久司は無事なんですね」

「そうらしい。話を聞くに、出張ホストか何かで働かされてるんじゃないかと思う。恐らく、他の二人も」

　待機していた雪也と合流し、駅近くの定食屋で夕食をとる。

「ただホスト風の格好をして、新しい恋人とホテルに入っただけということは？」

「そりゃねぇだろ。ヤクザと揉めて連れてかれて、その後周囲と音信不通になって、一ヵ月以上も失踪してるんだぜ？　捕まってねぇとしても明らかに逃げてる状態なのに、渋谷でのうのうと女とラブホになんか行くかよ。それに、黒い車に乗せられて消えたんだ。どう考えても、『事務所』のお迎えだろ」

「しかし、何でそんなことをさせられてるんでしょう」

「さあな。ヤクザの考えることなんてわかんねぇけど、シマ荒らされて売り上げ流れた分、てめえらの体で返せってことなんじゃねぇの。あの三人はそこまでデカイことしてたわけじゃねぇけど、勉強代ってことかね」

　彼らが女だったら、いわゆる「風呂《ふろ》に沈められる」ことになっていただろう。見てくれのいい若い男ならば、女性相手の風俗、もしくはウリ専だ。しかし、その手段には少し違和感がある。男が連れ去られた場合、金にしようと思ったら、メジャーな方法は別のものだ。ホストなんて回りくどいことはさせないのが映の認識では普通なのだが。

「それにしても、彼女が見つけていたなんて、すごいですね。そのときに声でもかけていれば、もっとよくわかったのに」

「飼い主の勘なんじゃねぇの？」

「飼い主？　久司君の、ですか？」

「そうそう。なんか、可愛い猫飼ってたけど逃げちゃって、他の家で飼われてたみたいな口ぶりだったからさ」

だから映は猫よりも犬の方が好きなのだ。猫は独立して自分の生活を生きている。犬は飼い主が全てだ。いつの間にかどこかで別邸を作っている、なんてことはない。

映は目の前の雪也を見つめる。穏やかな目。大柄なシルエット。最初にも感じたことだが、やはり、どこかしら昔飼っていた犬に似ている。時々「ラブリィ」と呼びかけたい衝動にかられる。

「雪也の方はどうだった」

「こっちは、やはりそう簡単に会える相手じゃないみたいです。そりゃそうですよね。ネットで調べてみたら読者モデルとは言えかなり人気も出てるみたいで、最近テレビの企画番組にも参加したらしいですよ。ブログも結構ランキング上位です。芸能事務所にも入ったみたいだし」

雪也の買ってきた雑誌を見てみたところ、祐紀の彼女のアイは白い肌にまるで人形のような過剰な睫毛《まつげ》のメイク、そして金色の長い髪を盛りに盛っている、わかりやすいギャルである。久司の彼女の麻里とはあまりにも対照的だ。

「あのクラブでもうちょい聞き込みできたら連絡先くらいはわかったかもしれねぇけどな」

「さすがにもう行けませんね。主にあなたのせいで」

「ぐ……」

「こちらは他で聞き込みするか、もう少し彼女を調べて直接接触できる機会を探した方がよさそうです。それで、そっちの方はこの後どう調べるんですか」

「それに関してはツテがある。一ヵ月以内に新しい子が入った出張ホスト系で調べてみるわ」

「ツテって……まさか」

雪也は途端に顔色を変え、じろりと映を睨《ね》め付《つ》ける。

「んな怖い顔すんなって。こういうときの人脈だろ？」

「その見返りは何なんです？」

「そりゃ……」

言いかけると、雪也の持っていた割り箸《わばし》がビシリと嫌な音を立てて割れる。

食べていた親子丼《おやこどん》の味が苦いものに変わる。こういう雰囲気は苦手だ。

「いや、あのさ……一応言っておくけど、やらしいことばっかじゃないんだぜ？　その人のために絵描いてやったりすることも多いんだから。例えばあのマンションくれた人も、昔から俺の絵のファンで、頼まなくても色々やってくれんだよ。そのお礼に何回かその人の家に通って絵描いてやったりするの。健全だろ？」

「絵、描いてるんですか？　パトロン一人のために？　どこにも公開しない絵を？」

「そうそう。俺のために専用のアトリエまで作ってくれたりするしな」

「……映さんの絵って確か、とんでもない値段がつくんじゃなかったんですか」

「そうだよ。だからこそ価値があるんだろ。まあ、俺にとっては自分の絵なんざ無価値なんだから、安いもんだぜ」

「ファンが聞いたら卒倒しそうな台詞《せりふ》ですね」

雪也はまるで自分がそのファンのような顔をして青ざめている。

「まあ、そうかもな。パトロンのオッサンたちも、俺が何描いたって喜ぶし。その辺のおばちゃん描いたって女神《めがみ》みたいに扱うもんな」

「それじゃ、俺が描いてもらった似顔絵だって、彼らにしてみたらとんでもなく価値のあるものなんじゃないですか」

「え……。似顔絵って」

こいつの似顔絵なんか描いたっけ、と考えかけて、すぐにあの最初の尾行のときに描いたものだと思い出す。

「雪也、アレまさかまだ持ってんのか」

「当たり前じゃないですか」

真面目な顔で、ほら、と鞄《かばん》の中から取り出したのは、クリアファイルに大切そうに収められた例の中年男の似顔絵だった。

透明なファイルの中からこちらを見つめ返す、ものの数分ほどで生まれた男の顔を眺めて、映は真顔になる。

「お前、これ……引くわ」

「ど、どうしてですか！」

「いや、だって……っていうか、持ち歩くとか……ないわ」

「え、だって……そりゃ、本当は額縁《がくぶち》に入れて飾りたいんですけど、あなたの事務所もマンションもそういう雰囲気じゃありませんし、かといって金庫を置くわけにはいきませんし……」

話が嚙《か》み合《あ》っていない。映は頭を抱えたくなる。

この似顔絵を描いたときにはまだ自分がそちらの方で有名だったことは話していなかったはずなのだが、一体この絵の何を気に入ってここまで大切にしているというのか。それにしても、保存の仕方が怖過ぎる。クリアファイルなんていつ買ったのだろう。

雪也は何やら必死な顔でそれを抱き締め、映を睨《にら》みつけている。

「……返しませんからね」

「いらねえよ！　ってか捨てろ！」

「絶対に嫌です‼」

思い切りはっきりと拒絶して、雪也はいそいそとそれを鞄の中にしまう。

そして、微妙に自分たちに集まった店内の視線を排除するように、軽く咳払《せきばら》いした。

「……ええと。で、今回のツテの人はどうなんですか」

「どうって？」

「あなたに要求するものは、やはり絵なんですか」

「あーっと……」

その先は言えない。今度は箸ではなくテーブルが砕けかねない。

言葉の先を察して剣呑《けんのん》な目つきになる雪也に、映は顔を強張《こわば》らせた。

「何だよ。このやり方封印しろってんなら、どーすんだよ」

「片っ端から調べればいいじゃないですか。道玄坂付近で見かけられてたなら、その辺りの出張ホストをしらみつぶしに」

「でも、車で迎えに来てたみてぇだし、あの辺の事務所だとは限らねえだろ」

「次の客のところに連れて行かれたのかもしれないですよ。それに、やっぱりこういう店は都内に集中してますから」

「めんどくせぇなあ……」

「面倒くさくていいんです！　額《ひたい》に汗してこその労働でしょう！」

熱弁する雪也が鬱陶《うっとう》しい。全く引く気配のない勢いにため息を落とす。

どうやら、この男が側にいる以上、ここはパトロンを頼る方法は諦めた方がいいらしい。

「わかった。ここは俺が汗をかくことにしよう」

「ちょっと待って下さい。言い方に不吉なものを感じます」

「何なんだオメーは！　いちいち文句言うなよ！」

「どうせラブホで出張ホスト呼んで、好みの美少年だったら、話聞くついでにベッドで汗かいちゃおうとか、そういう魂胆《こんたん》なんでしょ」

まさしく考えていたことそのままで、ぐうの音《ね》も出ない。

「そうは問屋が卸《おろ》しません。それにゲイ専門のデリバリーとは違うと思いますよ。彼は女性とホテルに入ったんでしょう？　男の呼び出しじゃ来ないですよ」

「もちろん俺が女装する」

「ハア？」

あまりにもあっさりと、当然のことのように言われて、雪也は目を丸くした。

「え、女装って……冗談、ですよね？」

「いや？　だって男同士でホテル使えなかったりするし。大丈夫、俺女装してバレたことねぇから」

「あなた、芸の幅が広過ぎますよ……」

そして漏れなくトラブルも拾って来るのだろう。今回もただで済むとは思えない。

「そういう計画なら、俺も一緒に聞き取りしますから」

「何で二人がラブホで出張ホスト呼び出すんだよ⁉」

「3Pしたくなったとでも言えばいいでしょ。彼女が抱かれているのを見て楽しむ男だっているだろうし。もし彼らが強制的に売春させられてるんだとしたら、少し変わった要求でも吞《の》まされるでしょうから」

雪也の言うことも一理《いちり》ある。たとえ過激なプレイが好みの客でも、いくらでも出すと言えば、あちら側はどうとでも扱える彼らのようなホストを出してくるだろう。

まだ彼らが出張ホストをやらされていると確定したわけではないが、試してみる価値はある。とりあえず、久司の恋人、麻里から重要な証言がとれたので、その線で追ってみるのが今現在最も有効な手だてだろう。

「はあ……。本当はこんなことしなくたっていいはずなのによ。あの人頼った方がずっと楽なんだけどな……」

「ダメです」

にべもなく断言されて、ふてくされたくなる。

大体、なぜ夏川《なつかわ》探偵事務所の所長である自分の方針を、つい最近転がり込んできたこの新参者に否定されなければいけないのか。けれど先日の件の負い目もあるし、何となく逆らえない。

「……ほんと、うちの人はうるせぇな」

「は？　何ですって？」

「何でもねぇよ。ほら、トンカツ定食冷える前にとっとと食っちまえ」

不機嫌に鼻を鳴らし、自分も残りの親子丼をかき込んで、みそ汁を飲む。

「ま、出張ホストの店一つ一つ張り込みして、周たちが出てこないか待ってみてもいいけどよ、店の当たりもつけねぇでんなことしてたら百万年かかっちまうからな」

「とりあえず、探偵らしい方法で調査して下さい。あなたのお師匠様が泣きますよ」

「師匠は使えるものは何でも使えって言ってたぜ」

「……合理的ですが、賛成しかねます。あなたの体のためにも」

(綺麗ごとばっか言いやがって)

その体にスリコギ突っ込んだのはどこのどいつだ。

そう言いたいのを我慢して、黙々と食事をする雪也を眺める。

形のいい唇だ。あんな獰猛《どうもう》で執拗《しつよう》なキスをするなどと、想像もつかないほどに、上品な。

(ダメだ、ダメだ)

また、体が勝手に上《のぼ》り詰《つ》めそうになって、軽く首を振って、気を逸らす。熱くなりかけた頭を、水を飲んで冷やす。

本当に厄介な体だ。自分の肉体ながら憎らしくなる。

こんな状態なのに、調査のためとは言え二人でラブホテルに行くなんて、大丈夫なのだろうか。むしろ気が進まないのは、面倒くさいというよりもそちらの心配の方だった。

＊＊＊

映は早速パソコンで手当たり次第に出張ホストを調べてみた。

「おおすげえ!　本当に3Pコースとかあるし……SMコースまであんのかよ‼」

「ちょっと。そんなに盛り上がらないで下さいよ恥ずかしいな」

隣で同様に調べている雪也がぶつぶつと言うのを無視して、仕事そっちのけで夢中になる。

各社で料金にもかなりばらつきがある。ホストの顔がアップされているサイトも多く、予約も店に電話したりホストと直接やり取りしたりと様々《さまざま》だ。

映はまずホストの顔が載っているサイトをくまなく調べた。そこでは残念ながら三人は見つからず、顔写真を挙げている店は除外する。

あらかた調べた後、リストアップした出張ホスト数社に電話をかけた。

そこにアマネやユウキというホストはいるか、という聞き方では、源氏名《げんじな》に変えている可能性が高いので無意味だ。それに拉致《らち》した青年たちを働かせているというのなら、ヤクザの経営する店だろう。本名で訊《たず》ねても怪しまれて何も教えてはもらえない。

「これから、大丈夫ですか？　はい、一時間のショートで。後でホテルの部屋の番号をご連絡します。なるべく最近入った若い子にして下さい。慣れている子は嫌だから」

それぞれ一時間の契約で、三十分の休憩を挟みながら、昼から五人のホストを呼び出して話を聞くことにした。一人につきショートで大体一万円。今日だけで五万円＋ホテル代の出費だが、致し方ない。当たりがなかったら、翌日また同じことの繰り返しだ。

「さて、予約完了。さっさとホテル行くぞ」

「なんか、出張ホスト呼ぶの手慣れてるみたいなのは気のせいですか……」

疑り深い雪也を無視して、映は早速女装を始めた。今までバレたことがないと豪語した通り、手慣れたものだ。

柔らかなシフォンのスカート、首の詰まったブラウス、軽めの化粧をしてミディアムへアのウィッグをかぶれば、一時間もしないうちに、あまりにも違和感なく女の姿が出来上がった。

姿見《すがたみ》に全身を映して確認している映の後ろで、雪也が狐《きつね》につままれたような顔をして突っ立っている。

「あの……映さんにはそういう趣味もあるんですか？」

「いや？　ただ仕事柄変装し慣れてるだけ」

「普通、変装でもしませんよ。女の格好なんて」

「いいんだよ。俺は似合うんだし、この方が色々楽に誤摩化《ごまか》せるだろ」

「あなたのトラブル体質だと面倒くさい予感しかしませんけどね」

雪也は白《しら》けた目つきで映の女装姿をじろじろと無遠慮に眺める。どこからどう見ても完《かん》璧《ぺき》な女装であると自負しているのだが、この助手はお気に召さないらしい。

ともかく準備ができたので、連れ立ってラブホテルへ入る。無人形式のホテルだったので万が一にもバレるような恐れはなかったが、隣の雪也がやたらとソワソワしていたのがおかしかった。

部屋に入ると、雪也は疲れたようにため息をつく。

「なんだか、仕事でラブホテルに入るなんて、嫌ですね……」

「何でだよ。最近だと女同士とかでも内装が豪華なラブホ探して、その辺のホテルより安いとかで普通に泊まりに来たり遊んだりするらしいぜ」

「え、そうなんですか……。だってここ、普段は男女が色々する場所じゃないですか。そんな、普通に泊まる場所に使うだなんて」

その色男な外見を裏切る優等生な答えに、映は思わず苦笑する。

「あんたって意外と頭固いよな。まあ、余計なこと考えてねぇで、仕事だ仕事」

映はさっき予約した事務所にホテルの名前と部屋の番号を告げる。これから三十分ほどで、最初のホストがやって来る。

いきなり当たることはないだろうし、長丁場《ながちょうば》になりそうだ。今日一日で終了できる可能性も低い。

これから何度も雪也とラブホテルに来るのかと思うと、気が重かった。雪也の方も浮かない顔をしているが、こっちだっていい気持ちではない。

あの夜から、映の言葉を律儀《りちぎ》に守って雪也は全くそのことを口にしないし、手を出してきたりもしない。けれど無言の圧力というか、やはりこれまでになかった濃密な気配を感じて、息苦しくなる。

そのとき、ドアのチャイムが鳴った。

「あ、はーい」

すでに女装モードに入って甲高い声を出す映を、雪也がぎょっとした顔で見つめている。うるせえ、見るな、と言いたいのを我慢して、ドアを開けると、そこに立っていたのは、まだ二十歳《はたち》そこそこといった、丁度失踪した周たちと同じ年頃の青年だった。

「どうぞ、入って下さい」

緊張した様子の青年を部屋に招き入れる。彼はホストらしからぬ恐縮した様子で、緊張した面持《おもも》ちで勧められるままに椅子《いす》に腰掛けた。映が女性ということに何の疑いも持っていない様子だったが、背後に立つ雪也を何度もちらちらと見ているところを見ると、その存在に気圧《けお》されているようだ。

「何か飲みますか。缶ジュースとか、ウーロン茶とかありますけど」

あまりにもぎこちないホストの青年にさすがに気の毒になったのか、雪也が優しく声をかける。

「あ、じゃあ、ウーロン茶を」

ようやく青年は少し微笑《ほほえ》んだ。笑うと八重歯《やえば》が見えて、人なつこい顔になる。

これは見るからにホスト歴が浅そうだ。自信がなさそうな声で、彼は自《みずか》らを「シュン」だと告げた。二十一歳で、都内の大学に通っているらしい。出張ホストは小遣い稼ぎに始めたということだったけれど、映はその言葉は嘘《うそ》だと直感する。こんな真面目そうな青年が自らこんなバイトを軽い理由で始めるわけがない。借金かなにか、他にあるのだろうが、客に説明するのが面倒で隠しているのだろう。

（喋《しゃべ》り方が幼いし、顔もちょっと可愛いな）

そう思ってにやけた映に目ざとく気づき、雪也はテーブルの下で映の足を踏んだ。

「あの……」

おずおずと、シュンが言いにくそうに上目遣いになる。

「その、すぐに始めなくていいんですか」

一時間という契約を気にしているらしい。一戦交えるのなら、入ってすぐにシャワーを浴びるのが普通なのだろう。雑談ばかりしているので、時間のことを忘れているのではと不安になったのだろうか。

「ああ、いいんです。実はホストってお仕事に興味があって。今日はお話を聞きたかったんです」

「はあ……」

「こんな客は初めてですか？」

「あ、いえ、すみません。そうじゃないんです」

シュンは慌てたように首を横に振った。

「確かに、食事をしたりするだけで、そういうことをしない方もいますし。ただ、一時間だけで、それに場所もホテルなのに、お話だけというお客さんは、初めてで」

確かに、話をするのにわざわざラブホテルに呼びつけるのは不自然かもしれない。けれど、横にどうしても一緒にいるという番犬がいるものだから、カップルが出張ホストを呼ぶという状況に相応《ふさわ》しい場所がここになってしまったのだ。初めからカップルで話だけ聞きたいというのも妙で怪しまれてしまうし、結局こういう形にならざるを得ない。

「そうなんだ。でも、気にしないで。私の友達も最近出張ホストを始めたって聞いてたから、どんなものかって興味があったの。彼と会って話が聞きたいねって言ってたから、あなたを呼んだのよ」

「ああ、そうなんですね。お友達が」

急に気安さを覚えたのか、シュンはホッとしたような笑顔になった。

「シュン君も入ってそんなに経つわけじゃないんでしょ？」

「あ、はい。俺、まだ一ヵ月くらいで」

「そうなんだ。同じ時期に入った子とか、知ってる？　私の友達と同じ事務所だったりして」

「どうだろう。あんまり、他の人の話は聞かないんです。事務所に行ったのは面接のときくらいで、後は全部電話なんで」

シュンの答えに、映はかなり失望した。出張ホストの実情には詳しくなかったが、デリバリーヘルスに勤めている女の子に話を聞いたとき、彼女たちは事務所に入って電話が来るのを待っているという話を聞いたので、てっきり出張ホストも同じだと思っていた。

しかし考えてみれば、客とホストが直接連絡をとりあう店もあるのだから、ホストが出勤せず自宅待機するところも多いのかもしれない。

「そうなんだ。それじゃ、他の人のことは全然知らないんだね」

「時々、話は聞きますよ。終電も過ぎた遅い時間の指名とかだと、店長が車で送ってくれたりしますし。そういうときに、色んな話を聞きます」

「へえ。面白そうね。やっぱりシュン君がいちばん若いのかな」

「そうみたいです。俺の上だと、二十六の人がいるって聞きました」

この店はハズレだ。

そうわかった途端に、どっと疲れが押し寄せる。

その後、まだ一時間経たないうちに、映はシュンに一万円を払って帰ってもらった。

「やっぱり、長くなりそうですね」

雪也も同じように疲れた顔をして呟く。

「な？　言っただろ？　面倒くせぇって。今からでも考えを変える気は」

「ないです」

即答した雪也に舌打ちする。

可愛い子が来ればテンションは上がるだろうが、この地道な調査は中々骨が折れそうだ。映はこの先のことを思って倦怠感《けんたいかん》を覚えながら、飲みかけの缶ジュースを飲み干した。

＊＊＊

それから二日、ホテルを替えつつ、同じ調査を続けるが、何の成果もない。雪也も引き続き祐紀の彼女の方を調査しているが、進展はないようだ。

そんなとき、雪也が「俺はもうラブホテルは嫌です」などと言い出した。

「ハア？　だったら、どうすんだよ。事務所に呼ぶのも、マンションに呼ぶのも嫌だぞ」

「普通のホテルに行きましょうよ。金、俺が払いますから」

「ばか、何言ってんだ。加代子《かよこ》さんからたんまり貰《もら》ってるから、俺が払う」

わがままだなあと文句を言いつつ、正直映もラブホテルに行くのは相当気が重くなっていた頃だった。

というよりも、ああいう場所に行きつつ、何もせずただ出張ホストの聞き取りをして、疲れ果ててホテルを出るという繰り返しが苦痛になっていたのだ。

張り込みなど地道な作業の多い探偵業だが、何となく微妙になった関係の男と、ラブホテルに足を運び続けるのは、若干精神的にキツかった。

「それじゃ、せめて気分転換にいいホテルに行くか」

映は渋谷で気に入りのホテルを予約する。ここのフランス料理レストランが中々美味《うま》いのだ。

普通のホテルには休憩などというシステムはないので、今回は泊まりということになる。実際泊まるかどうかは別として。

「これで当たりが出ればいいんだけどなあ」

「そうあって欲しいものですね」

今日の聞き取りを始める前から疲労感を覚えながら、映はせっせと女装した。

初めて女装をしたのはいつだっただろう、とふと考える。ああ、あの男だ、とすぐに最初の男の顔が浮かぶ。自分をこんな体にしたあの男。確か、セーラー服を着せられた。

あの男にされたことは、全て嫌いだ。受け側に回るのも嫌いだ。組み伏せられるのも嫌だ。だから、女装も本当はしたくない。ただ、似合ってしまうからしている。調査に有効だから。

（それだけだ）

唇にグロスをのせながら、映はなぜか己《おのれ》に言い聞かせていた。

いつもと違う高級ホテルで聞き取りを始めて、もうあと一人というところになった。しかし、その内容はいつもと変わらない。

「結局、今日も収穫なしか……」

「まだあと一人いるじゃないですか」

「よーし！　そいつが終わったら、アタリにしろハズレにしろ、今日はここのレストランで美味い飯食うからな！」

自分を鼓舞《こぶ》するようにそう宣言し、次のホストを待つ。

何かで頭を満足させないと、やっていられなかった。ここ数日この調査にかかりっきりで、かなり煮詰まっている。可愛い男の子でも誘いに行きたかったけれど、隣で常に見張っている番犬がいるので、それもできなかった。色々と限界だ。

「次って、どこの子でしたっけ」

「えっと、確かあれだ。サイトはそんなに派手じゃなかったけど、何でもさせてくれるって太っ腹なとこ。表向きそう堂々とは書いてなかったけど、応相談ってのがちょっと珍しかったよな」

とは言っても、さほど期待はしていない。過剰に意気込むと、だめだったときに落ちる深さがヤバいのだ。そして、この調査の場合、そうなる確率も高かった。

窓際のソファに座って、紅茶を飲みながら渋谷の夜景を眺める。こんなにも街は輝いているのに、どうして自分はこんなにつまらない作業を続けなければならないのだろう。

「ねえ、映さん。ホストって職業、どう思いますか」

「何だよ、いきなり」

窓の外をぼうっと眺めている映に、唐突に今更な質問を投げかけてきた雪也に、覚えず笑みをこぼす。

「ホストっていうと、やっぱ出張ホストよりも、ホストクラブでシャンパン開けて騒がしくしてる方思い浮かべるけどな。やっぱり大変なんじゃねぇの。まともな神経じゃ無理っつーか」

「好きでもない相手に奉仕しなきゃいけないし？」

「そうそう。生理的に無理とかでも、やんなきゃいけないときあるだろうしな」

「あなたはどうなんですか」

雪也は真面目な顔で見つめてくる。

「パトロンたちとそういうことをするのは、嫌じゃないんですか」

「……あんた、ほんとパトロンのこと気にするよな」

あまり誰かにパトロンのことを突っ込まれたことがないので、戸惑ってしまう。雪也にそのことを聞かれると、倫理的にいけないことをしている、と露骨《ろこつ》に言われているようで、居心地が悪い。

「言っとくけど、相手は大概《たいがい》歳食ってるし、さほど頻繁に要求されねぇよ。前にも言ったけど、そういう関係の相手ばっかじゃないしな。俺のこと小さい頃から知ってて、二人目の父親みたいに可愛がってくれる人もいる。まさにパパってやつだ」

「援助してもらえるなら、あなたは相手が誰でも、何でもするんですか」

「俺だって相手は選ぶさ。今繋《つな》がってる人たちは、俺が切りたくないから付き合いがあるんだ。その人たちのお陰で、俺はこんな仕事できてるわけだし、好きに生きていけてる」

「あなたは、本当にそれでいいんですか」

「え？」

そのとき、チャイムが鳴った。

今日は雪也が先に席を立つ。

「どうぞ、お待ちしてました」

「あ、どうも。よろしくお願いします」

また今回は礼儀正しい子がやって来たようだ。

この調査でいつも頼んでいるホストの特徴は二つだけ。最近入ったホスト経験の少ない子であることと、若いこと。経験が浅く若ければこちらの質問もはぐらかしにくくなるし、店とのしがらみも少ない。

そうすると、大抵はこんな仕事をしているとは思えないほど、初々《ういうい》しい青年たちがやって来る。それに確率は低いけれど、本人たちを引き当てる可能性もある。

「初めまして。僕はレイジと言います」

「わざわざどうも。遠慮せず座って」

向かいの席を勧めると、レイジはありがとうございますと言って腰を下ろす。

年齢は二十代半ばといったところだろうか。体は鍛えているらしく、スーツの上からでも綺麗な体型をしているのがわかる。顔立ちはやや中性的で、すごい美形というわけではないが、バランスよく整っていて、綺麗な青年だった。

ふと、映は違和感を覚えた。レイジには、今まで話を聞いて来た新米ホストたちにはなかった、色気というか、なまめかしさがある。

「あのさ。いきなりこんなこと聞いて悪いんだけど、もしかしてレイジ君って、男の人もいける？」

「あ……、はい。わかりますか」

映の唐突な質問に、レイジは少し恥ずかしそうに微笑んだ。

「サイトにはそういうこと書いてなかったけど、男の人相手の仕事も受けてるのかな」

「はい、そうみたいです。僕はまだ入ったばかりで、他にどういうことを受けているのかは詳しくないんですけど」

「じゃあ、もしもこの後、彼ともしてって言ったら、やってくれるのかな」

「えっと……、はい。料金を上乗せすることになりますけど、基本的には、何でも」

映と雪也は思わず顔を見合わせる。雪也は少し身を乗り出して、気遣うような顔で首を傾げた。

「本当にいいの？　俺たち、最近入った子の話が聞いてみたくて、新しい子をお願いしたんだけど、君はそんなハードな経験はないんだろ？」

「いえ……大丈夫です。心配しないで下さい」

レイジは困ったように少し微笑んだ。

「何でもできますから。断ったら、店に怒られちゃうし」

「よかったら、あなたがどうして出張ホストをやっているのか、聞かせてくれない？」

映は今までと少し設定を変えて、事実を交えて聞いてみることにした。

「私の友達がね、怖い人たちとトラブル起こして、売春させられてるみたいなの。あなたも、もしかしてそうなんじゃない？」

「え……そうなんですか。大変じゃないですか」

「だから、どうにかして助けてあげたいんだけど、出張ホストのことは何も知らないから、あなたに話を聞きたいと思ったの」

映はそう言いながら、一万円札を何枚かレイジの手に握らせる。

レイジは手の中の金とこちらの顔を交互に見つめ、少しの間沈黙した。

「お店には、内緒にして下さいね」

やがて、彼がそう言った瞬間、映は心の中でガッツポーズをする。地獄の沙汰《さた》も何とやらだ。

レイジは目を伏せて、影のある表情でぽつりぽつりと呟き始める。

「僕は、実を言うとヤクザの愛人ってやつをやってたんです。でも、ちょっとやらかしちゃって、今はこうして働かされてるんです」

「もしかしてこのお店って、そういう子ばかりなの？」

「いえ、全員がそういうわけじゃないと思うんですけど……でも正直、何かしら背負うものがあって来たとしか思えないかな。何でもやらされる出張ホストなんて、誰も自ら働きたくないですよね」

「店の他の子とは話したことある？　皆自宅待機なのかしら」

「僕はそのヤクザの人に囲われてたんですけど、この店の寮みたいなのに移されました。普通のアパートなんですけど、もちろん一人部屋なんかじゃなくて、数人が同じ部屋で暮らしてます。ちょっと前に、他の部屋に二、三人新しく入ったらしくて、見慣れない子もいますよ」

「それってどのくらい前のこと？　一ヵ月くらい前だったら、もしかすると私の友達かも……」

勢い込みそうになるのを抑えつつ、いよいよ核心に迫る。

「え、そうなんですか……。ちょっと、まずいかな。ごめんなさい、本当に僕が喋ったこと、内緒にしてくれますよね」

レイジは自分の話していることの重大さに気づいたのか、心持ち青ざめた顔になる。

「もちろんよ。安心して。私はただ、友達が無事でいることを知りたいだけだから」

「あの……でも、ごめんなさい。僕、これ以上話せません」

「じゃあ、最後に一つだけ」

レイジの拒絶の気配を感じ取り、映は慌ててバッグから写真を取り出す。テーブルの上に載せ、レイジの前に突き出した。

「この子、知ってる？　見たことある？」

レイジは周の写真を微動だにせず見つめている。

そして、強張った表情で、小さく頷いた。

暴走

ようやく、確実な手がかりが摑《つか》めた。

映《あきら》はレイジが帰った後、浮かれてシャンパン——に似た炭酸のソフトドリンクをオーダーする。グラスに注いで雪也《ゆきや》と乾杯し、冷えた液体を飲み干した。

「ようやくだな！　あともう少しだ！」

「よかったですね。こうしてみると、案外早かったんじゃないですか。四日目でアタリを引けるなんて」

「確かに。やたらとあるもんな、出張ホスト。もし東京以外から派遣されてた場合、全国まで調査しないといけないところだったし、いやー、めでたい!!」

映は浮気調査は数をこなしてきたけれど、こんなにもとっかかりのない人探しというのはさすがに初めてだった。

日本の年間の行方不明者数は十万人近い。しかもヤクザに拉致《らち》されたらしい失踪人《しっそうにん》の捜索という、警察でも中々解決できないような依頼を受けて、たった二人で調査を進め、その糸口を摑めたのは本当に奇跡的と言ってよかった。

まず最初は何の手がかりもなかったし、クラブの聞き込みであれだけの情報が獲得できたのも幸運だった。更《さら》に運がよかったのは、久司《ひさし》の恋人が当人を目撃していたことだ。そこから、現在彼らが何をしているのかを探ることができた。

雲を摑むような話からここまで来られたのは、全く考えられないことだった。

興奮に浮かれて、ノンアルコールでも酔ってしまいそうな映を、雪也は相反して冷静な眼差《まなざ》しで眺めている。

「これからどうするんです」

「そうだな。まず周《あまね》たちの働かされている店がわかったわけだから、その寮とやらの所在地を割り出す。見つけたら、後は張り込みだ。ホストたちの生活パターンを把握する。ヤクザの出入りがあるかもしれねぇから、周たちだけでアパートから出てきたときを狙《ねら》って、そのまま連れ出す」

そこまでしてしまえば、後は加代子《かよこ》が体面を慮《おもんぱか》ってどんな手を使ってでも周を保護下に置くだろう。調査はめでたく終了だ。

しかし、映の算段を聞いて、雪也は眉《まゆ》をひそめた。

「だけど、危なくないですか。寮の場所がわかったら、俺たちの調査は終了では？　居場所を確認できたんですから、それを依頼人に報告すれば、後は彼女が警察に頼むなり何なりするでしょう」

「おいおい雪也、忘れたのか？　あの人は警察沙汰《ざた》にすることを何より嫌がってるんだ。居場所がわかったのなら、連れてきて欲しいって言われるぜ」

「あなたがそこまで請け負う義務はないでしょう！」

　雪也は突然声を荒らげた。

「あなたは自分がどれだけトラブルを呼び込む体質なのかを、理解していないんですか！　今度の相手はヤクザなんですよ。この先はもう、警察の領分です！」

「な、何だよ。そんないきなり怒んなよ」

　映は雪也の剣幕にややたじろぎつつ、それでも涼しい顔だ。

「俺はそういうスリルが好きでこの仕事やってんだ。こっからが面白《おもしろ》いんじゃねぇか」

「あのですね……そのスリルのせいでレイプされかけたのをもう忘れたんですか」

「あんときは、あんたが助けてくれただろ」

「今回は相手が悪過ぎます！　いくら俺でも、銃や日本刀に立ち向かえるわけがないでしょう！」

「何ビビってんだよ、雪也」

　映は呆《あき》れたという顔で、やや白《しら》けた調子になる。

「なにも直接ヤーさんとやり合おうってわけじゃないんだぜ？　最初っからそんなん

じゃ、この仕事何もできねぇよ」

「……映さんは、ヤクザの怖さを知らないんですね」

「知ってるよ？　実際パトロンの一人がそれに近いし。これまで仕事しててヤバかったことも何度かある」

「それならどうして……！」

「さっきから言ってんじゃん。そういうリスクも含めて俺はこの仕事が好きなんだ。せっかくここまで来たんだから、俺は降りねえぞ。あんたがそんなにヤクザが怖いって言うなら、後は俺一人でやるから」

そっぽを向く映に、雪也は憤然として立ち上がった。

「本当に、あなたは勝手過ぎる。あなたは、あなたを心配している人たちのことを考えたことがあるんですか！」

「知るかよ！　心配って何だ、干渉か？　俺の体は俺のもんだ！　これまで体張って好きに生きてきたんだ、これからもそうするに決まってんだろ！」

家族の、周りの期待を背負おうとして、自分を殺して生きてきたあの頃には死んでも戻りたくない。

兄弟の中でただ一人、親の才能をどちらも受け継いで、後継者の期待をかけられ、婚約者まで設定されて、幼い頃から人生の線路はきっちりと敷かれていた。

けれど、そんな綺麗《きれい》な道のりを進むことに激しい苦痛を覚えるほどに、この心も体も歪《ゆが》んでしまっている。家を飛び出した後、これほど奔放《ほんぽう》に生きてきたのは、その反動だ。元々持っていたものを否定し、作り替えられたものも否定し、映は今、初めて自分の生きたいように生きている。そう思っていた。

「俺の体は俺のもの？　体張って生きてきた？」

雪也は今まで見なかったような昏《くら》い目をして、口元を歪ませる。

「笑わせないで下さいよ。もしかしてあなたは、今も一人で生きていると思ってるんですか？　パトロンに媚《こ》びて生活をさせてもらって、危険な場面を人の力で回避して、自分の仕事のことだって最初は色仕掛けで得た情報で解決しようとしていたじゃないですか」

「それの何が悪いんだよ！　俺のこと、ほとんど何も知らない癖《くせ》に、人の生き方頭から否定すんじゃねえ！」

「ええ、知りませんよ、あなたのことなんか。知りたくもありません」

映はハッと息を呑《の》んだ。

雪也にこんなにも突き放される言葉を吐かれたのは、初めてだった。

「とは言っても、あなたが危険な場所に自《みずか》ら飛び込んで行くのは止めたいんです。さて、どうしましょうね」

いつの間にか、距離を詰められている。体格差のある雪也に圧倒され、映の顔は屈辱に赤くなる。

雪也の品のある唇が、猥雑《わいざつ》に吊《つ》り上《あ》がった。

「足腰、立たなくしてあげましょうか。この前みたいに」

「てめっ……」

カッとなって殴ろうとした腕を、いとも簡単に捕らえられる。

腕を摑むその手の平の熱さに、心臓が大きく跳ねる。

「細い手首ですね。女装が似合うわけです」

「ッ……ふざけんじゃねぇ‼」

手元にあったグラスの中身をぶちまける。不意を突かれた雪也の一瞬の隙《すき》を映は逃さない。

渾身《こんしん》の力で雪也を突き飛ばし、よろけたところを椅子《いす》の上のバッグを引っ摑んで、脱兎《だっと》の如《ごと》くまっしぐらにドアまで走った。

「映さん！」

雪也の叫び。映は目に涙を溜《た》めて振り返り、きつく睨《にら》みつけた。雪也は驚いたような顔で、固まっている。

「馬鹿《ばか》‼　あんたなんか、もう知らねえ‼」

大きな音を立ててドアを閉め、大股《おおまた》でズンズンと廊下を歩く。

雪也が追いかけてくる気配はない。

（ふざけんなよ……ちくしょ……）

映は興奮を宥《なだ》めようと、繰り返し深呼吸をした。溢《あふ》れそうになった涙を拳《こぶし》で拭《ぬぐ》い、唇を噛《か》む。

泣いたのなんて、何年ぶりだろうか。情事の際には感極《かんきわ》まって涙をこぼすこともあるけれど、感情の動きだけで目を潤ませたのは、本当に久しぶりだ。

ロビーに出て正面玄関まで歩いていると、すれ違う人々がチラチラと映を見る。何見てんだコノヤロウと凄《すご》みたくなったが、そう言えば今自分が女装をしていることをすっかり忘れていた。高級ホテルで髪を乱して涙目になった女など、不倫だの痴話《ちわ》げんかだの、下らない想像しか呼び起こさない。

（ダッセェな……）

あんなことで頭に血が上《のぼ》ってしまうだなんて、自分もまだまだ未熟だ。

あんな付き合いの浅い男に自分を否定されたからって、どうしてこんなにも傷つく必要があるというのだ。

（だって……あいつ、俺のなのに……）

自分が拾った。自分が名付けた。

可愛い従順な犬だったラブリィ。わかっている。雪也はあの犬と同じなんかじゃない。

本当は、もうとっくに気づいている。彼が自分自身を取り戻していることを。だからこそ、あのヤクザを過剰に警戒する言葉が出てきたのだろう。

けれど、そんなことには気づきたくなかった。知らないままでいたかった。わからないふりをしていたかった。

ずっと、変な宇宙人のままでよかったのに。

(俺、また一人ぼっちになんのか)

漠然とそう思いながら電車に揺られていると、心に冷たいすきま風が吹く。

一人ぼっちだなんて、思っていなかったのに。あの男が、そんないらない自覚を運んできた。

(そうだよ、俺は一人なんだ。一人で、何だってやってやるんだ)

パトロンに媚びているだの色仕掛けだの言われて、さすがの映も今その手を使おうとは思えなくなっている。

今あるのは、この身一つ。自分の力一つだ。

(誰の力も借りずに、解決してやろうじゃんか)

喪失感を通り過ぎると、変に肝《きも》が据《す》わってきた。今の自分ならば、何でもできる気がする。

そう、意を決して家を出た、あのときのように。

＊＊＊

『そうか……。それじゃ、あいつはまだ当分戻ってきそうにないんだな』

スマートフォン越しに、聞き慣れた友人の声がする。

その落胆した様子に、雪也は慰めの言葉でもかけたかったが、現状とあまりにもかけ離れたことは言えない。

映にかけられた甘いドリンクを落とすためにシャワーを浴びて、バスローブを纏《まと》った雪也は、濡《ぬ》れた髪をタオルで押さえながら、友人に何回目かの報告をしていた。

「ありゃぁ、相当だぜ。最初の計画通りにあの事務所の土地買い上げたって、絶対に家には帰らないと思う」

『でも、仕事をする場所がなくなれば、映だってどうしようもないじゃないか』

「……何人か生活の世話をしてくれる人がいるんだと。全く、逞《たくま》しいよ。無鉄砲《むてっぽう》だし、危なっかしくてしょうがねぇ」

さっきの言い合いを思い出して、一人で苦笑する。けれど、最後に涙を浮かべていたのには参った。思ったよりも、ひどく傷つけてしまったようだ。

あの顔を思い浮かべる度《たび》に、胸がキリキリと痛む。あのときは興奮し過ぎて、言い過ぎてしまった。明らかな失敗だ。

「俺は、弟のことは諦《あきら》めた方がいいと思うぜ、夏川《なつかわ》。どうしても家に戻したいのか」

『そりゃそうだよ。お前だって双子の弟がいるんだから、俺の気持ちもわかるだろ？』

「やめろよ。お前の弟とうちのはわけが違う。可愛いなんて思ったこと一度もねぇよ。大体、同じ顔なんだぞ」

『あはは！　それは確かに可愛くはないな。俺と映は正反対だから、気は合わないが、俺はあいつが可愛くて仕方ないんだよ。だから取り戻したい。でも、俺じゃだめなんだ。あいつは逃げてしまうから』

「知ってるよ。だから俺に頼んだんだろ。親友の頼みなら断れねぇしな」

『それに、お前はずっと映の絵のファンだったじゃないか。だから協力してくれたんだろう？　龍一《りゅういち》』

「そうだ。けど、実際会ってみて少し気が変わったんだ」

雪也——もとい、白松《しらまつ》龍一は、映の兄、拓也《たくや》の大学時代の友人であり、映の絵のファンでもあった。現在住んでいるマンションにもいくつも映の絵を飾っている。

戻ったら、あの最初の尾行で描いてもらった似顔絵も飾るつもりだ。たとえそれが見るに堪えないホモオヤジを描いたものであろうと、そんなことはどうでもいい。重要なのは、それがあの夏川映が自分のために描いてくれた絵である、ということだ。むさ苦しい男の顔も、その事実だけで無双の美男子の如くの輝きを放つのである。

元々、父親の趣味で家に相当値の張る骨董品《こっとうひん》だの絵画だのがあった影響もあるが、四方の壁に一つの額縁《がくぶち》もないと落ち着かない質《たち》だ。映の絵を知ったのは友人の弟だったからということがきっかけだが、一目見て虜《とりこ》になった。たまに開かれる個展には必ず足を運んでいたというのに、ここ数年一枚も絵が出てきていないのが寂しくてたまらない。

だからこそ、パトロンに援助の見返りとして絵を描いていると、あっけらかんと言われたときには、ひどくショックを受けたものだった。

（あの人は、自分の絵の本当の価値をわかっていない。どんなに人の心を摑むものか、その色彩がどれだけ素晴らしいか）

天才というのは、そもそも常人とは見ている世界が違うのだろうと思う。人と同じものを描いていても、捉《とら》え方が違う。そうして、「人と違う」からこそ、天才と呼ばれ、あるいは異端者と見做《みな》されるのだ。そして、映の「異質」は、龍一にとってこの上なく好ましいものだった。

けれど、映に実際会って一緒に過ごしているうちに、龍一の中でその認識は変わりつつあった。映の絵よりも、映自身に魅了されていたからだ。

『もう三年以上、顔も見ていないんだぞ。三池《みいけ》先生から話は聞いて無事でいるとわかってはいるが……』

「だが、彼ももう大人だ。家に戻らなくても、生きていける」

『ああ、そうだろう。けど、この家が映を必要としているんだ』

「長男はお前だろ?」

『そういう問題じゃないんだよ。皆が映を愛してるんだ。映がいなくなったこの家は、輝きを失った夜空に等しい』

「お前も中々、芸術一家らしい物言いをするじゃねぇか、夏川」

こんなにも欲されているというのに、それらを全て捨てた映。それが彼の選択ならば、映の方は家を必要としていないということなのだ。それを覆《くつがえ》すことは、難しい。

『それにしても、あの変わり者の映に気に入られて一緒に暮らすなんて、やっぱりお前はただ者じゃないな』

「偶然だったんだよ。本当に」

『とにかく、家に連れ戻せないまでも、映をよろしく頼むよ。どうやら危険な仕事をしているようだし。資金ならいくらでも調達する』

「おい、俺を誰だと思ってんだ? 金のことは心配するな」

『ははは、すまない。そう言えば、お前は俺たち同期の中でいちばんの成功者だったな』

大学からの十年来の付き合いの友人に持ち上げられて、龍一は苦笑する。

「成功者っつってもな。流行に乗ってインターネット関連で儲《もう》けてるだけさ。俺はただあぐらかいて指示出してるだけだ」

『何言ってるんだよ。それだけの商才があったってことだろ？　今じゃインターネットの広告代理店としちゃ日本有数だ。上場してるし関連会社もどんどん増えてるじゃないか』

「お前が言うとすごい奴に聞こえるな、俺は。ま、今じゃ気楽なオーナー社長ってやつだ」

『龍一が人一倍頑張ってたのは皆知ってるよ。実家にいるっていう道の方が楽だったろうに』

「俺は俺の道で独立したくて必死だったからな。だから……お前の弟の気持ちも、まあ少しはわかるよ」

自分が生まれながらにして与えられた環境、身分。そこに違和感を感じたとき、自分はここにはいられないと気づいてしまう。そしてその違和感から解放された後の自由の味を覚えてしまえば、もう元いた場所へ戻ることはないだろう。

龍一は友人との通話を切り、一人広い窓から渋谷の街を見下ろした。

これから確実に無茶をするに違いない映のことを思うと、いてもたってもいられなくなる。けれど、今の状態ではあのマンションに戻るわけにもいかない。厳重なセキュリティに阻まれて、忍び込むこともできない。強行突破《きょうこうとっぱ》できないこともないだろうが、その手段は最後にとっておきたい。

「さて、どうするか……」

ホテルの窓からは渋谷の煌《きら》びやかな夜景が望める。

しかし、やはり龍一は大地の輝きよりも空の輝きに憧《あこが》れる。昔からそうだった。

その性格が、実家を捨てさせたのかもしれない。地に足を着けた安定よりも、無限の可能性を求めて、空を飛びたがっていた。

こうして夜空を眺めていると、最初に映と出会った日の会話を思い出して、我ながら苦笑する。

それにしても、こうして彼と距離を置けたことは、不幸中の幸いだったのかもしれない。

もう限界だった。連日ラブホテルに映と詰めて、その気を起こさないように自分を抑制するのに一苦労だったのだ。結果的に言うと、高級ホテルに来たところで、欲望の一端が暴走してしまったのはどうしようもなかったのだけれど。

「そりゃ、パトロンもつくよな……」

ふとあの夜の記憶を反芻《はんすう》すると、思わずそう呟《つぶや》いてしまう。

いくらでも払うから抱かせて下さいと、その足下にひれ伏したくなるような、体だった。

もちろん、映の言う通り、それが目的のパトロンばかりではないのだろうけれど、皆があの天然フェロモンに当てられていることは間違いない。それを把握してからは、側にいるだけで無駄にムラムラするようになってしまい、手を出さないようにするのが苦行のようだった。彼のトラブル体質も、そこに起因しているような気がする。

それに加えて、あの無防備さ。会って間もない、自称記憶喪失などという怪しい男を家に引き入れ、しまいには全面的に信頼してしまう、愚かと思えるほどの素直さ。

（あなたの居場所を奪ってでも、強引に家に戻すつもりだったのに……いつの間にか、あなたの自由な生き方を助けたいと思うようになっていた）

体を売るような形で生活を維持していくのではなく、好きな仕事をして食べていくという、まっとうな喜びを感じてもらいたかった。何より、龍一にとって並ぶもののない芸術家である映には、パトロンに頼るような生き方をして欲しくなかったのだ。無論、芸術家とは多くがそういった類《たぐ》いの出資者によって支えられる人種だとわかってはいるが、体を売っているなどという事実を目の当《ま》たりにしてしまえば、話は別だ。

（俺は、探偵というやつにはなれないな。こんなにも私情が入って、それが最優先になっちまう）

映と最初に解決したリカコの事件を思い出す。映は、彼女が自分の友人なのにもかかわらず、調査をした後のイザコザには関わるつもりはないと、はっきり線を引いていた。

けれど、自分はすでに映との間に線を引くことなどできなくなっている。彼を守りたい、助けたいという気持ちは、もう消すことができない。

友人の弟を助けるためではなく、尊敬する芸術家を救うためでもなく、一人の人間として。愛も欲も入り交じった、愛《いと》おしい青年として、彼を幸福にしたい。

だが、自分は元来気の短い質であることも自覚している。何か許容を超えた事態に直面したとき、本性を抑えていられるだろうか。

映のように、自分でも認めたくない、けれど捨てることもできない、腹の奥に飼っている意地汚い虫を。

我ながら自信がなかった。

＊＊＊

「あなたが面接希望の鈴木《すずき》孝君《たかし》？」

日も落ちかけた時刻、新宿駅東口前は相変わらずの賑《にぎ》わいを見せている。駅前から少し離れた小さな喫茶店は、夕飯時が近いせいか少しずつ客足がまばらになってきた。

その前に立っていた映に、電話口で伝えた偽名で呼びかけてきたのは、見るからに夜の商売をしている雰囲気の、金髪の派手な中年男だった。

「はい。そうです」

「どうもどうもー。僕、アメジストパレスの大久保《おおくぼ》です」

　やや太り気味の体格で、声が高めだ。身ぶりが大げさでテンションが高い。格好のために年齢不詳だが、肌艶《はだつや》や目元の辺りを見ると、四十代半ばといったところだろう。

「いやぁ、面接希望なんて人、久しぶりでさ。なんか緊張しちゃうな」

「今日はよろしくお願いします」

　大久保と名乗った男は上から下まで映の全身を舐《な》め回《まわ》すように観察する。映はもちろん着物ではなく、ややカジュアルなジャケットとスラックスで、やはりそういった格好をすると二十歳《はたち》そこそこにしか見えない。

「可愛いねえ。若い女の子に好かれそうだよ。外見は全然クリア！　ええと、歳は二十二だっけ」

「はい」

　大体の場合実年齢を言っても信用されないため、余計な手間を省くために、こういうときには少なく申告している。念のために偽造の身分証も作ってあるので、身分を偽《いつわ》って潜入捜査をする場合、映は大抵「鈴木孝　二十二歳」になる。

「一応、確認するけどさ。大丈夫？　サイトにも書いてあるから見たと思うけど、うちは基本お客さんの希望は何でも聞かなきゃいけないんだけど」

「はい、もちろんです」

「よし、じゃあ寒いから早速《さっそく》入って面接するか」

大久保は上機嫌に何度も頷《うなず》きつつ、映を伴って店の中へ入り、店員の案内を無視して奥の席に座った。何度も利用しているお得意様なのか、支配人らしき男が大久保に笑顔で軽く会釈《えしゃく》をする。

「孝君、何飲む？」

「あ、じゃあ緑茶を」

「緑茶？　はは！　渋いねぇ。お姉ちゃん、緑茶ある？」

大久保は自分はコーヒーを頼み、店員が去ると懐《ふところ》から黒革の名刺入れを出した。

「はい、これ名刺ね」

「ありがとうございます」

名刺には『株式会社バロングリーン　代表取締役　大久保泰造《たいぞう》』と書いてある。

「うちは色々やっててね。出張ホストのアメジストパレスはわりと最近作ったんだ。一年くらい前かなあ」

「そうなんですか。すごいですね。わざわざ取締役の方がいらして下さるなんて、驚きました」

「あはは、そう？　まあ、ホストは店の顔だからね。他の人には任せてらんないのよ」

煙草《たばこ》吸っていい？　と聞かれて、本当は嫌なのだが頷く。これも仕事のためだ。

今更気づいたが、この喫茶店は今時珍しく全席喫煙可らしい。道理で、客層が年配の男性に偏《かたよ》っているわけだ。

吹きかけられる煙草の煙に顔をしかめないよう注意しつつ、映はいよいよ本題に入る。

「あの……ご相談なんですが、実は今住んでいる場所がなくて、友人の家を転々としてるんです」

「おお、そりゃ大変だ」

「もし御社で雇って頂けるようであれば、寮のような施設があるのでしたら、そこに入れて頂きたいんですが……」

「御社なんて言うなよぅ。恥ずかしくなるぜ」

大久保は二重顎《にじゅうあご》を震わせて笑った。

「寮かぁ。あるにはあるけど、すんげえ狭いよ。他の男どもと住むことになるし」

「はい、それでも構いません」

「それよりさぁ」

大久保は煙草を灰皿に押し付け、ずいと身を乗り出してくる。

「孝君、出張ホストの前に、僕んとこで勉強しない？」

「え？　勉強、ですか」

「そうそう」

大久保は脂《あぶら》ぎった頬《ほお》に好色な笑みを浮かべ、二本目の煙草に火をつける。

「さっきも言ったけど、うちはお客さんの要求に何でも応《こた》えるっていうのがウリなわけ。当然、ホモセックスとかしなきゃいけない場合もあるわけよ」

「はあ……それは覚悟してます」

「だからぁ、そっちにも慣れてもらわなきゃ。実際ホストとしてお店に出す前に、僕が教育してあげるよ。住むとこないってんなら、僕んちに住みゃ一石二鳥じゃん」

思いがけない提案に、映は内心焦《あせ》る。

そんなことになってしまったら、わざわざ自ら出張ホストとして志願する意味がまるでなくなってしまうからだ。

「いえ、あの……大丈夫です。その、そっちも経験ありますから」

「あれ？　そうなの？」

大久保は目を丸くして映を凝視する。

「意外だなあ。男女どっちもイケるってこと？」

「はい。それに、早く仕事をして、自分で稼ぎたいんです。今までも人に頼りっ放しだったので……」

「ああ、そう。うーん。ま、アナタがそう言うなら仕方ないかしらねぇ」

オカマ言葉の混じり始める大久保。同性愛経験があると聞いて、気が緩んだのかもしれない。

（こいつ相手なら、何とかなりそうだ）

最初に会ったときから感じていたが、大久保は一目で映が気に入ったようだ。

映は自分が同性に好かれやすいのを知っている。同性愛者ならば確実にそういった意味で、異性愛者でも自分の感情が明確に何かはわからずとも、曖昧《あいまい》な好意を抱かれる。

「じゃあ、ちょっと寮見てみる？　そしたらアナタも気が変わると思うわ。なんせ狭いもんだから」

「はい、お願いします！」

話がうまく運び過ぎているのが気になったが、いきなり本命の場所を見せてもらえることになったことに、映は興奮を隠し切れない。

（もしかすると、予想よりもずっと早くに、周たちを救出できるかもしれない）

実際寮に入り込んで、彼らと接触してしまえばこっちのものだ。見張りでもいたら厄介《やっかい》だが、適当な理由で外に出ることなどいくらでもできる。

映は早くも勝利の予感に胸を躍らせた。

（どうだよ、雪也。俺だって自分でこれだけできるんだぜ）

身一つで敵陣に突っ込んで行くのは探偵業としては掟破《おきてやぶ》りだし、危険きわまりないことだとわかっていたが、映はどうしてもそうせずにはいられなかった。これまでも体を張ってきたのだから、今回だってそうしたまでだ。

大久保は会計をして通りに出ると、そのまま歩いて歌舞伎町《かぶきちょう》の奥の方へ入って行く。

「ああ、もしもし？　どうだった？」

隣にいる映など見えていないかのように、大久保はスマートフォンで誰かと話しながら歩いている。

「え？　やっぱそうだった？　あー、そう。なんか残念だわ。でもまあ、仕方ないよねぇ」

何やら落胆した様子で通話を切り、ごめんね、と映に向かって手を挙げる。

「ちょっと面倒なことが起きちゃったみたい。先に事務所の方寄っていいかな？」

「あ、はい、もちろん構いません」

「ごめんねぇ。全く、世の中世知辛《せちがら》いね。誰を信じたらいいのか、わかりゃしないよ」

大久保は独り言《ひとりごと》のように愚痴《ぐち》りながら、比較的新しそうな雑居ビルの中に入り、五階のボタンを押す。

何か事務所でトラブルがあったらしい。まさか、あの三人に関することではないだろうな、と映も緊張を走らせる。せっかくもう少しで助け出せるところになって、手の届く寸前でどうにかなってしまうのはごめんんだ。

「ういーっす。ただいまー」

「社長、お疲れ様っす」

フロアはパーテーションで区切られており、入ってすぐのエリアでは所狭しとパソコンが並び、皆が黙々とキーボードを叩《たた》いている。ほとんどが眼鏡《めがね》をかけたいわゆるオタクに見える男たちは、見慣れない人物であるはずの映の方には目もくれない。

まず、ホストではないことは間違いないのだが、あまりにも想像と違っていたので映は毒気《どっけ》を抜かれた。

「さ、奥行こうか」

「あの、ここでは何をやっているんでしょうか」

「あー、これはね、いわゆる出会い系よ。別のビルでやってたんだけど、ちょっと工事入っちゃってね。ここが臨時のオフィスになってんの」

「出会い系ですか……」

「こいつら、皆サクラってこと。一人で何人も女キャラ抱えてるから、男性会員からのメールの返信に忙しいの」

映は唖然《あぜん》とした。それでは、ここで一心不乱にキーボードを叩いている男たちは、皆女のフリをしているということになる。いわゆる詐欺《さぎ》だ。

いくつかの商売をやっていると言っていたが、どうやらどれもまともなものではなさそうだ。もちろん、周たちを拉致したヤクザがバックにいるような会社なのだから、それはわかっていたのだが。

「入るよー」

大久保は声をかけてから奥の部屋のドアを開ける。そこは社長室だと思っていたが、先客がいるのだろうか。

「おかえり！　タイちゃん！」

室内に、女が一人いた。

白い肌に派手なアイメイク。盛りに盛った金髪、そしてマネキンのように細い手足。

（あれ？　この女、どっかで見たような……）

大久保の顔を見ると、女はまるで子犬のようにその太い首に飛びつき、白い腕を蛇《へび》のように絡ませる。

「待たせてごめんねぇ、アイちゃん」

「いいの！　だってタイちゃんに早く会いたかったし、見たかったたんだもん」

見たかった？　何のことだ、と映が怪訝《けげん》に思うと、アイと呼ばれた女が映をじっと見つめた。その目には好奇心か敵意か判別のつかないような強い光がある。

アイはピンクのグロスの唇を光らせて嬉《うれ》しそうに笑った。

「あんたかぁ。ファンタで祐紀《ゆうき》たちのこと探しまわってたの」

あっと声を上げそうになる。背筋に電流が走った。

ファンタとは、クラブ・ファンタズムのことか。

ようやく気づいた。祐紀の恋人のアイだ。雑誌で見た女よりも、実物はもっと小さかった。

（この女に、話がいってたのか。いや、それよりも、なぜこいつがここにいる？）

あまりにも予想外の展開に、混乱する。最悪な予感に、全身から血の気が引いていく。

「あれ？　っていうかあんた一人なの？　もう一人ガタイのいい奴は？」

「……知らねぇよ。今回のことは俺一人で調べてる」

「へえ、そうなんだ。なんかトイレで大暴れしたって聞いたけど？」

どうやら、全てを知っているらしい。暖房の効いた部屋で、冷たい汗をかく。もうあのクラブの聞き込みの時点で、こちらが周たちの所在を探《さぐ》っていることは、ここにまで露見していたのだ。

「何が目的か知らないけどさぁ。邪魔すんなよ。あいつら、もっとひどい目にあわなきゃだめなんだから。騙《だま》してた女の子たちのためにもさ」

「お前……祐紀の恋人じゃなかったのか」

「あたしはそのつもりだったんだけど」

アイは自嘲気味《じちょうぎみ》に笑う。

「祐紀の奴、他にも何人かの女に、お前だけだよって甘いこと言って、彼女みたいに扱って、ウリやらせてたんだよ。借金あるから、お願いだからちょっとだけ助けて、ってさ。そんなわけねーのに。もちろん、中には純粋に自分の小遣い稼ぎでやってた子もいるけどね」

そんなような話はクラブでも聞いていた。やっていることだけ見れば、彼らはヤクザと変わらない。

「嫌になって、予約入ってたのすっぽかしたの。そしたら、あの三人と他の仲間連中にマワされてさ。そういうことされた子、他に何人もいるって聞いたの。そのとき、ようやく目が覚めたんだよね。あたし、あいつに夢中だったから。馬鹿だったわー」

「……それで、ヤクザに垂れ込んだ？」

「そういうことになるかな。モデルの友達に、こっちと繋がりある人いたから、紹介してもらったの。タイちゃんと知り合って、あいつらに女の子たちと同じことさせようって決めたってわけ」

――そうだったのか。

映はすとんと納得がいった。わざわざ拉致した彼らをホストとして使っていたのは、この女の希望があったからなのだ。

男ならば手っ取り早く金になる手段は他にある。別の意味で、体を売るのだ。それなのに、出張ホストなどをさせていたのが、どこかおかしいと感じていた。その違和感の陰に、アイの存在があったのだ。

「それにしても、僕は残念よ。すごく好みだったのになあ」

大久保は心底残念そうにため息をつく。

「さっきの喫茶店でね。レイジに見張らせてたのよ。こないだアナタ方が呼んだホストの子」

レイジ――この店に周たちがいるという情報をくれた、あのホストだ。

大久保は蛇のように陰湿な目で映の顔をじろじろと眺める。

「女装してたんだってね、アナタ。きっとすごく似合うと思うわ。レイジも女性だとばかり思ってたみたい。でも、アナタの顔、その女性と同じだってレイジがさっき電話くれたの」

先ほどの電話はレイジからのものだったのだ。そのときは全く気づかなかった。自分の迂闊《うかつ》さに唇を噛む。

「アイちゃんにあの子たちのこと調べてる奴らがいるっていうのは聞いてたからね。それで、片っ端から出張ホスト調べてるカップルがいるっていうの何となく耳にして、ピンと来たの。いい加減、嗅ぎ回《かまわ》られるのも面倒だから、ここらで誘い込みたくて、レイジにはもし聞かれたらうまく情報与えといてって言ってたのよ」

――やられた。

完全にやられた。レイジの証言そのものが、罠《わな》だったのだ。

映は失意に呆然《ぼうぜん》とした。あまりにも綺麗に騙されていたことに驚くばかりで、悔しさすら浮かんでこない。こんな完璧《かんぺき》な負け方は今までにもしたことがなかった。

美少年に惑わされていたせいか、それとも雪也との関係に気を取られていたせいか。

何にせよ、いつもならギリギリのところで働く勘が全く仕事をしなかった。これまで様々《さまざま》なトラブルに巻き込まれてきたが、それでもその最低限の勘で辛《かろ》うじて無事でいられたというのに。

(あいつ、俺の生命線まで持って行きやがって……)

これまで映自身を助けていたその勘が消えてしまったのは、明らかに雪也の影響だ。頼れる彼がいるからこそ、映は自分の身を守る最低限のものを放棄してしまった。孤独だったことに気づかせた上に、依存という名の忌《い》むべき習慣まで植え付けたのだ。

映は胸の内でくそみそに雪也を責めた。そうでもしないと、やっていられなかった。

「それで、『鈴木さん』からの電話でしょ？　うちにホスト志願なんか滅多《めった》に来ないのにさ。いかにも怪しいから、あの子に待機させといたの。そしたら、案の定でガッカリ」

「もう！　タイちゃんにはあたしがいるでしょ！」

アイが頬を膨らませて大久保の袖《そで》を引く。

「男の子も好きなのよぉ。知ってるでしょ？」

「知ってるけどぉ。それでも目の前でその気出されたら嫌なの！」

どうやらアイはすっかり祐紀から大久保に乗り換えた様子だ。相当甘い汁を吸わせてもらっているのだろう。

「あーあ。なんかもう、お手上げだ。俺の負けだよ、クソが」

映は何もかも馬鹿らしくなって、両手を挙げ、降参の意を示した。

部屋の扉の前にはいつの間にか屈強な男二人が陣取っているし、見事に袋の鼠《ねずみ》だ。

「で、俺はどうされんの。バラされて売られんの」

「あら。肝が据わってるのねぇ」

大久保は楽しそうに大きな口を開けて笑う。すでにオカマ言葉全開で隠す気もないらしい。

「そんなことしないわよ、可愛い探偵さん。アナタ鏡見たことないの？」

「俺も周たちみてぇに働かせるつもりか？」

「そうねぇ。とりあえず、あの子たちはこれ以上表で仕事させるのも厄介だから、もっと地下に潜《もぐ》ってもらうわ」

悪寒《おかん》が背筋を駆け抜ける。それはつまり、もっと危険な、リスクの高い売春をさせられるということだ。

アイは退屈そうに長く伸びた爪《つめ》を弄《いじ》っている。ひどい目にあわされたとは言え、恋人関係だった男がこれから恐ろしい境遇に落ちようとしているというのに、もうそんなことなどどうでもいいのだろうか。

「アナタの扱いはこれから考えるわ。こんな上玉、久しぶりだもの。うふふ、最初に言ったこと、僕本気だったのよ?」

目の前が暗くなっていく。

ああ、このままオカマの慰み者にされるのか。もしくは、秘密クラブの類いの場所で変態に弄《もてあそ》ばれるのか。

どちらにしろ、映が消えてしまえば任務に失敗したことが明々白々であり、そら見たことか、と雪也に思われてしまうのが、今のところ映にとって最も厭《いと》わしいことだった。

お仕置き

映《あきら》は今、その姿を見つけることを願ってやまなかった周《あまね》と対面している。

あの後に放り込まれたのが、彼らのいる寮と称されるアパートの一室だった。もちろん見張りは四六時中張りついているし、逃げることは不可能である。

他の二人は、どうやら出張ホストでかり出されているらしく、周だけが残っていた。夜中にもかかわらずご苦労様なことだ。

今や捜索していた被害者と同じ立場になってしまった映は、ひとまずここで監禁されることになったのだった。

部屋は狭いワンルームで、とてもこの部屋で男が数人住めるとは思えない。弁当などのゴミが散乱しており、ろくに掃除もしていないのか、僅《わず》かに異臭がした。

「よう。思ったより元気そうじゃねぇか」

映に声をかけられて、ソファにぐったりと無気力に座り、ただテレビを眺めていた周は、驚いた様子で目を見張る。

写真で見るよりも、随分と痩《や》せこけている。そのせいで目が大きくなり、細くなった頰《ほお》はやつれ、実年齢よりも随分と上に見えた。

そんな周を憐《あわ》れと思いつつ、同情はしない。彼らのしてきたことは、罰を受けて然《しか》るべきものだった。

「ほんと、お前が小学生の小便臭いガキの頃だからな。人間変わるもんだな」

「あんた……誰、なんすか」

「夏川《なつかわ》のとこの次男坊だよ。夏川ってのは、ママのお友達だ。覚えてるか？」

しばらく考えて、周は小さく声を上げる。

信じられないというような顔で映を見つめ、力なく首を縦に振る。

「覚えてます。でも、どうしてここに」

「お前のママに探してくれって頼まれたんだよ。俺、探偵やってるからな」

「そうだったんですか」

「ま、ここにぶち込まれたってことは、任務失敗なわけだ。あーあ、やっぱ引き受けるんじゃなかったぜ」

恨み言を当事者である周にぶつける。

実際はさほど憎くはなかった。ただ己《おのれ》の愚かしさが腹立たしいだけだ。

けれど、周は映の言葉を真《ま》に受けた様子で、悲しそうに俯《うつむ》いた。

「すんません……」

「せめてさぁ。どうしてこんなことになっちまったのか、お前の口から聞かせてくれる？」

「こんなこと、って」

「だから。ヤクザに閉じ込められて、ホストさせられてる経緯だよ」

周は居心地が悪そうにソファの上に座り直し、どこから話そうかと考えあぐねる調子で、少しずつ言葉を紡いだ。

「その……最初に、久司《ひさし》と祐紀《ゆうき》が、いなくなっちまったんです。それで、心配になって」

「探しに行ったら、自分も捕まった？」

周は小さく頷《うなず》く。

「お前らみたいなガキに好き放題されてたんじゃ示しがつかねぇから、見せしめとしてここで働いてもらう、って……」

「逃げようとしたか？」

「久司が。そしたらボコボコにされて、すっげえ顔とか腫《は》れて。それ見てから、怖くて逃げらんなくなりました」

案外簡単に諦《あきら》めたらしい。人のことは言えないが、所詮《しょせん》お坊ちゃんだ。本物のヤクザも、本当の暴力も、見たことがなかったのだろう。

「アイって女、知ってるか」

どうしてその名前を出すのか、と訝《いぶか》る様子で、周は頷く。

「あいつ、今じゃここのヤクザとデキてるよ。お前らのこと、ホストにして売春させて欲しいって頼んだの、あの女だそうだ」

映の暴露《ばくろ》に、周は目を剝《む》いて硬直した。

次第に顔が怒りに紅潮し、薄い肩が震え出す。

「……あのアマぁ……」

「お前ら、彼女とか他の女も騙《だま》してたんだって？　逆らったら三人とお仲間でレイプしたって？」

一転して、水をかけられたように血の気は引き、周は蒼白《あおじろ》い顔で黙り込む。

同じようなことはすでにさせられているだろうし、映はこれ以上自《みずか》ら周を責めるつもりはなかった。

「自業自得《じごうじとく》だし、同情はしねぇよ。俺もこんな目にあってるしな。だけど……」

重いため息を落とす。

どうしても理解できなかったことがあるのだ。

「お前、どうしてそんなことしたんだよ。家は金持ちじゃねぇか。何で女どもに売春なんかさせたんだよ」

「……別に……」

周は自分の髪をかき混ぜ、面倒そうに視線を逸らす。見れば、そこら中に髪の毛が落ちている。掃除をしなかっただけではないだろう。ストレスで毛が抜けやすくなっているのだろうか。

「理由とか、ないです。自分で金儲《もう》けられんの、楽しかったから」

「自分で儲けたんじゃねぇだろうが」

「そうなんすけど、でも」

周はこの場に不似合いな、皮肉な笑みを口元に浮かべた。

「女なんて、めんどくせぇし。好きだとか言って、こっち、試すようなことばっかするし。だから、俺も試してやろうとしたんです」

「どういうことだよ、試すって」

「俺のために、汚ぇことしてくれるかどうか、とか」

それはつまり、他の男に体を売る、ということか。その発想の飛躍ぶりに、映は呆《あき》れた。もしかして、女性不信の気でもあるのかもしれない。彼の家庭環境を思えば、無理からぬことではあるが。

「最初は、ほんとそんな感じだったんです。だんだん、ゲームみたいに楽しくなって、やり過ぎてたの、気づきませんでした。……ほんと、それだけなんす」

「あ、そ……」

愛情を試したのが始まりだったということのようだ。

何となく、自分の心の奥底にも似たようなものを見つけて、映は口をつぐんだ。

(寂しい奴だ。こいつも、俺も)

虚《むな》しさは、後から後から湧《わ》いてきて、映を憂鬱《ゆううつ》にさせた。

雪也《ゆきや》に罵倒《ばとう》されて、渋谷のホテルで別れたあの夜。

自分自身の力で道を切り開いてやると決意しながら、万が一失敗した場合、やはり自分は雪也の助けを期待していたのだ。

けれど、今回はもう無理かもしれない。無謀な行動に出た映に呆れて、探すこともしてくれないかもしれない。

そう思うと、たまらなく寂しくなった。

どこの誰かもわからないあの男にこれだけ依存している自分が、ひどく惨《みじ》めな存在に思えてならなかった。

「おい」

映はぐいと周を引き寄せ、見張り役の男に聞こえないように耳元で囁《ささや》いた。

「言っとくけど、諦めんじゃねぇぞ。俺が来たからには、機会見て全員で脱出だ」

「え……?　でも、いつも見張りが」

「馬鹿《ばか》、頭使え。もちろん今すぐは無理だ。ただ時間が経てば必ず油断は生まれる。俺が指示出したら何も考えずに従え。いいな」

周は半信半疑の顔つきで、それでも素直に頷いた。

そうだ、諦めるものか。映は自分自身に言い聞かせる。ここからが勝負だ。三人の無事を確認できただけでも、収穫と考えればいい。

いつまでも、誰かの助けを待っていては絶対に助からない。期待などしてはいけない。そう自分を鼓舞《こぶ》していなければ、心が保てそうになかった。

＊＊＊

映が監禁されたその翌日。

雪也は自宅に戻り、金庫からいざというときのものを抜いて、アタッシュケースに捩《ね》じ込《こ》んだ。

あまりにも予想通りと言えばそれまでだが、やはり、映は消えた。

現在潜入捜査中なのか、それとも捕まって監禁されているのか。それはわからないが、一つ言えるのは、時間の勝負だということだ。

雪也は迷うことなく、サイトに記載されている出張ホスト「アメジストパレス」の所在地へ黒いマセラティを走らせた。

近くの駐車場に車を停《と》め、歌舞伎町《かぶきちょう》の奥にある雑居ビルの五階に到着すると、躊躇《ちゅうちょ》なく扉を開く。

目の前でキーボードを叩《たた》いている男たちはこちらには目もくれない。丁度トイレからベルトを締めながら出てきたいかにも柄の悪そうなスキンヘッドの男がいたので、そちらに声をかける。

「すみません」

「あア？」

「こちらに昨日、小柄な男性が乗り込んできたと思うのですが」

「は？　何のことだ？」

「わかりませんか？　それでは、責任者の方を呼んで頂けますか？」

「はあ……？」

男は剣呑《けんのん》な目つきで雪也をじろじろと睨《にら》みつけ、面倒そうに舌打ちする。

「ニイチャンさぁ。ここがどこだかわかってるか？」

「はい、わかっています。ですから、責任者の方を」

「おい……ナメんじゃねぇぞ‼」

気の短い男は突然殴り掛かってくる。

しかし雪也はそれを鼻先寸前で難なく避《よ》け、更《さら》に男に足払いをかけた。

「うおお‼」

盛大な音を立てて床に転んだスキンヘッドに、隣の空間で間断なく鳴っていたキーボードの音が、さすがに止まる。

「な、何だぁ、こいつ‼」

思わぬ反撃を喰《く》らった男は、顔を真っ赤にして喚《わめ》いている。

「聞こえませんでしたか。責任者の方を、とお願いしたんですよ」

「てめえ‼」

スキンヘッドが再び飛びかかってこようとしたので、その顎《あご》をつま先で蹴《け》り上《あ》げる。

鈍い音がして、男は床に転がった。鼻血を垂れて頭を揺らしながら、再び立ち上がろうとするが、身動きが取れないようだ。

「あー、ごめんなさい、その辺にしてやってくれる？」

そのとき、ようやく奥からもう一人男が出てくる。金髪で太り気味の、声の高い男だ。

男は床で痙攣《けいれん》しているスキンヘッドをちらりと一瞥《いちべつ》して、不快な表情を示した。

「あなたがこちらの責任者の方でしょうか」

「そう。で、アナタはどちら様？」

「昨日こちらにお邪魔した私の連れを返して頂きたいのですが」

雪也の言葉を聞くと、なぜか男は嬉《うれ》しそうに微笑《ほほえ》んだ。

「アナタが彼の連れね。そう言えば、もう一人背の高いイイ男がいたって聞いてたわ」

「聞いていらっしゃるなら話が早いです。どうか彼を解放して下さい」

「残念だけど、彼はうちと契約したんですよ。返してと言われてもね」

「もう彼はそちらの商品になったと？」

男はどこか女性的な仕草《しぐさ》で額《ひたい》にかかった髪を避けながら、クスクスと笑っている。

「そういうこと。返して欲しかったら、お買い上げ頂かなくちゃねぇ」

「いいですよ。おいくらですか」

「五千万。安いもんでしょ？　もし、払えないって言うんなら」

「そうですね。随分と低い価格だ。彼は欠陥品だったんでしょうか？」

雪也はその場で手にしたアタッシュケースを開いた。中には札束が敷き詰められている。そこから五千万円分をつかみ出し、ぽいと男の目の前に放り投げる。

「どうぞ、お納め下さい。必要なら本物かどうか確かめて頂いても構いません」

男は目を丸くし、札束と雪也の顔を交互に見比べる。

雪也は元々金で示談に持ち込むつもりだった。易々《やすやす》と返してくれないだろうというのは予測済だ。

「そして、今すぐ彼を連れてきて頂きたい。それと、同様に閉じ込めていた三人も」

10000

「てめぇ……ふざけてんじゃねぇぞ、コラ」

要求した金額を即座に出されて度肝《どぎも》を抜かれたことが相当悔しかったのか、男はそれまでの穏やかな顔を一変させて、残忍な顔つきに変貌《へんぼう》する。

「ハイそうですかと全員渡せるかよ。アホか‼　そのおめでたい頭かち割ってやろうか‼」

「警察に連絡済だと言ったら？」

「知らねぇよお‼」

男は懐《ふところ》から黒光りする拳銃《けんじゅう》を取り出した。

雪也はその丸い銃口を静かに見つめる。

「サツが来る前にてめぇをぶち殺す」

「そうですか」

その異様に冷静な口調にますます男は激昂《げきこう》し、鈍い音を立てて撃鉄を下ろす。

雪也はため息をついた。

「警察が効かないというのなら、仕方ないですね」

男の顔が異様に引《ひ》き攣る。

引き金にかかった指が僅かに震えたその瞬間、扉が開いた。

男はハッとしてそちらを見た。黒いスーツを着た痩せぎすの男が、欠伸《あくび》をしながら入ってくる。

「おいおい、何の騒ぎだ、大久保《おおくぼ》ォ」

「あっ……！　谷《たに》さん！」

　金髪の男は慌てたように銃を下ろした。

　スーツの男は、そこに見慣れぬ人物がいるのに気づき、しばらく雪也の姿をじっと見つめている。

「こいつぁ……」

「谷さんの手を煩《わずら》わせるまでもありません。今すぐ片付けますんで、奥で待っといて下さいよ」

　金髪の男は、スーツの男よりも立場が低いようだ。事務所に不用意に不審人物を入れたことに不興を買ったと思ったのか、必死で取《と》り繕《つくろ》っている。

「いや、おめぇ、片付けるって、何する気だ」

「何するって……もちろん、こいつをぶっ殺ひゃああん‼」

　スーツの男は金髪を強《したた》かに殴りつけた。金髪は重い体を回転させながらコマのように吹っ飛び、スキンヘッドの男の横に転がった。

「馬鹿言ってんじゃねぇ‼　この能無しのオカマ野郎が‼」

「た、谷、ひゃん……？」

何がなんだかわからないといった様子の金髪を無視し、スーツの男は雪也の方に向き直る。

そして、何を思ったか、その場にしゃがみ込み、深々と土下座した。

「うちのもんが失礼しました。後できっちり詫《わ》び入《い》れさせてもらいますんで。どうか、ここは勘弁してやって下さい」

「いえ、いいんですよ。俺はただ返すものを返して頂きたいだけなんで」

突然やって来た不審な人物に、恐らくここの最高責任者であろう男が非礼を土下座して謝っている。

その不思議な光景を、金髪もスキンヘッドもただ呆然《ぼうぜん》と見守っていた。そして、サクラで忙しくしていたはずの男たちも、気づけば息を殺し、こちらの様子を興味深げに窺《うかが》っているのだった。

＊＊＊

失踪《しっそう》してから約二ヵ月。

周、祐紀、久司の三人は、ようやく解放された。

同時に解放された映は、雪也と共に三人を車で依頼人である国仲加代子《くになかかよこ》の邸宅まで送り届けた。

高い塀に囲まれた白亜《はくあ》の豪邸は、中に入れば玄関は吹き抜けになっており、中央にある噴水では黄金の獅子《しし》が絶えず口から水をドボドボと吐いている。

使用人に呼ばれた加代子はすぐに駆けつけ、三人の姿を見て躍り上がって喜んだ。

「もっと時間がかかると思っていたわ！　もしかすると、見つからないんじゃないかとさえ……。さすが三池《みいけ》先生のお弟子さんね！」

「いえ、三池先生に追いつくにはまだまだです」

「あら、そんなに謙遜《けんそん》しないで。謝礼は弾ませてもらうわ！　本当にどうもありがとう！」

どうぞここで食事でも、と誘われたが、映は丁重に辞退した。

依頼の件が片付いた以上、実家と関わりの深い加代子と接触する気はなかったし、何よりも後ろに控えている雪也の威圧感が怖過ぎた。

夏川の家には決してこのことは話さないようにと念を押して、二人は国仲邸を辞した。

車に乗り込んだはいいものの、勝手に発進させた雪也は、どこへ行くとも言わず、ひたすら無言で運転している。

「こ、これってマセラティ？　車よくわかんねぇけど、クアトロポルテってやつだっけ。渋いな！　すげぇじゃん」

気まずさに耐え切れず、場違いなほどに明るい声を出すが、雪也は軽く鼻で嗤《わら》うだけだ。

「て、ていうかこれ誰のだよ？　宇宙からの贈り物か？」

「ええ、そうですよ」

初めて雪也が反応する。

「これからあなたを宇宙基地に連れて行きますから。無事に帰れると思わないで下さい」

「あ……そう。ははは」

宇宙ネタに宇宙ネタで返されて、乾いた笑いしか出てこない。

この会話を続けるのは困難だ。いい加減、腹をくくらなければ。

「その……今回は、本当に悪かった。あんたに助けられたよ」

雪也は僅かな沈黙の後、いびつに唇を歪《ゆが》める。

「あなたでも、悪かった、なんて思うんですね」

「当たり前だろ。完全に俺の失敗だし……」

「ところで、あなたたちを見張ってた男、随分とあなたに懐いていましたね」

ごくりと唾《つば》を飲む。

最も質問されたくないことを聞かれてしまった。

こういうことを聞かれるかもしれないというのは、予想はしていたのだ。何しろ、映たちを部屋から出すために雪也とヤクザの男たちがやって来たとき、見張り番の男は映がどこかに売られると勘違いをして、庇《かば》おうとしたのだから。

「どうやって懐柔《かいじゅう》したんです？　たった一日で」

「いや、だって……あんたが助けに来てくれる保証なんてなかったし。俺だって、あいつら連れて逃げるために色々考えてたんだよ」

「質問に答えて下さいよ。どうやってたらし込んだんですか？」

「すでに決めつけてんじゃねぇか！」

しかし、おおむね雪也の決めつけは当たっている。だが、その手段があの場で映の考え得る最も有効なものだったのだ。現に、彼はほぼ映の手駒《てごま》となっていた。あと少しすれば逃げ出すことも可能だったはずだ。だが、雪也はそれを理解してくれないだろう。

「さすがですね。あなたはどこまでも予想通りだ」

「やめてくれよ。緊急事態だったんだ。使えるものは何だって使った」

「なるほど。あなたらしい、逞《たくま》しい決断ですね。ああ、お師匠様のご教授でしたっけ」

いつまでも続きそうな嫌みに、怒りをぶちまけたいのを抑え込む。今回、雪也に助けてもらったのは事実だ。そのことに対するケジメはきっちりとつけないといけない。

「本当にあんたには感謝してるんだ。どうやって礼したらいいのか、わかんねぇけど……」

赤信号で停車する。雪也は冷たい視線をこちらへ向けた。

「礼の仕方がわからないんですか？　あなたがいつもしていることなのに？」

「え……？」

「あなたが俺に奉仕してくれるんでしょう？　あなたのパトロンたちにしているように。それがあなたの生き方なんでしょう？」

映は啞然《あぜん》として、ハンドルを握る雪也の横顔を見つめている。この状況で、そんなことを言われるとは思っていなかった。

けれど、雪也が冗談だと言う気配は一向になく、ただ車の走行する無機質な音だけが車内に満ちている。

マセラティはしばらく夕暮れの首都高を走り、汐留《しおどめ》ジャンクションで降りる。高層マンションに入り、滑《なめ》らかな慣れた動作で駐車場に停めると、雪也は映に顎をしゃくった。

「ほら、宇宙基地に着きました。さっさと行きましょう」

狐《きつね》につままれたような気持ちで、映は言われるままに雪也について行く。

大理石で作られた宮殿のようなロビー。エレベーターの中は螺鈿細工《らでんざいく》で彩《いろど》られており、まるで最高級のホテルのようだ。

明らかに、映があてがわれているマンションよりもランクが上である。四十七階の南東向きの部屋に入れば、百㎡越えの広さ。生活感はほとんどなく、調度品は無機質なモノトーンで統一されている。リビングの窓からは浜離宮やその先に広がる海が見え、滅多《めった》に見ることのない絶景が広がっている。いわゆる、「億ション」というやつだ。

しかも、これまでに通り過ぎた空間のどこにでも、必ず映の描いた絵がかかっている。この男は、以前から映を――少なくとも、画家としての映を知っていたのだ。

「……えげつない宇宙基地もあったもんだな」

思わず呟《つぶや》くと、雪也は映の手を引いてベッドルームに入る。当然のようにキングサイズのベッドがあり、雪也はおもむろにそこに腰掛けた。

「さあ、どうぞ」

「……は?」

「お礼、してくれるんでしょ?」

その意味を察し、映は一気に顔を上気させた。

妙な負けん気が込み上げて、映はすぐに雪也の足下に跪《ひざまず》く。赤くなった頬を震わせながら、迷わずファスナーを下げ、ボクサーパンツの中からまだ柔らかな陰茎を引き出した。

「いいですね。男らしいじゃないですか、映さん」

「茶化すんじゃねぇ」

潤んだ目で睨みつけ、ペニスを口に含む。

素面《しらふ》の状態で雪也のものを見るのは初めてだ。萎《な》えた状態でも大きいとわかる。

口の中で転がしていると、みるみるうちに太くなり、弾力を持って反り返る。すぐに喉《のど》の奥まで入れても間に合わない長さに膨らみ、映は両手を使って根元を扱《しご》いたり、睾丸《こうがん》を揉《も》んだりして、懸命に奉仕した。

「上手ですね。さすが体で稼いでいただけはあります」

「嫌な言い方……すんな」

「本当のことでしょ？　あなたが嫌だと思うなら、あなたは自分の生き方を恥ずべきです」

少し雪也の声がうわずっている。鈴口から先走りが漏れているし、かなり興奮を覚えているようだ。

このままディルドにしてもいいような見事な形の陰茎に、映は飽かず舌を這《は》わせた。これで腹の奥を突かれたときのあの感覚を忘れたことは一度もない。これほど大きなものを挿入された経験は今までになかった。太さも長さも相当のものだが、ある程度柔らかな弾力がある点が、苦痛でなかった理由だろう。硬い棒状のものを入れられたことはあるが、それはさほど大きくなくても痛みを伴った。

映は大きな亀頭《きとう》を重点的に責めた。傘の部分に軽く歯を引っ掛け、鈴口に舌を捩じ込みながら、小刻みに刺激する。この敏感な部分をこれほど弄《いじ》られて、平気な男はいない。目の前の雪也の腹筋が波打っている。射精を何とかギリギリで留《とど》まっている様子だ。

「映、さん……そんな風にされたら、すぐいっちゃいますよ……」

「いいじゃん。出せよ」

「あなたが、受け止めてくれるんですか」

「……お望みとあらば」

先端に吸いつきながら雪也を見上げると、目が合った瞬間、口の中のペニスが膨らんだ。

ほとんど無臭だった雪也の肌から、男の発情した生臭い体臭が匂《にお》い立《た》つ。映は無意識のうちに、その香りを胸一杯に吸い込んだ。

「それじゃ……飲んで下さい。あなたが、全部……ッ」

「ん、う⁉」

雪也は映の頭を大きな両手で包み込み、ガツガツと腰を突き上げ始めた。

「んぐ、んううっ！　んむうう」

喉の最奥《さいおう》を突かれる苦しさに、涙がこぼれる。呼吸もうまくできず、頭の芯《しん》が痺《しび》れるようだ。

同時に、あの夜に尻《しり》をこうして激しく犯された快感を思い出し、その苦痛がいつしか快さにすり替わる。下腹部が熱くなり、尻が震えた。肛門《こうもん》がひとりでにヒクつき、何も入れられていないのに、直腸の奥が戦慄《わなな》き、収斂《しゅうれん》する。

「ん！　んふううう、んううううっ」

「そろそろ、出しますよ……っ」

雪也はくぐもった声で呻《うめ》き、映の喉の奥に、どぷどぷと濃厚な精液を吐き出した。

「うんっ……、ん、んふ……」

同時に、映の体も痙攣し、絶頂を示す。注ぎ込まれた生温いものを躊躇なく飲み下し、食道に絡まり反射的にえずきそうになるその感覚にさえ、興奮する。

「あ……はぁ……」

しゃがみ込んだフローリングの上で腰を揺らしながら、映は火照《ほて》った肌を持て余し、射精を終えたペニスになおも吸いついている。

雪也のものは射精を終えてもまるで萎えない。その猛々《たけだけ》しさに、目眩《めまい》がする。ゆるく勃《た》ち上《あ》がった自らのものが、パンツの生地に擦れてもどかしい。思わず、尻を揺すって刺激してしまう。

「あなた……まさか、俺のをしゃぶってるだけで、いったんですか？」

「え……、ぁ」

夢見心地だった映が、雪也の嘲《あざけ》りに自我を取り戻す。

ハッとして雪也を見上げると、蔑《さげす》むような目がこちらを見下ろしている。その冷たい眼差しに、淫靡《いんび》な痺れが下腹部を走る。

「もしかして、またドライですか？　いや、尻も弄ってないんだから違うか。もしかして、想像で？　何もされてないのに、器用な人ですね」

せせら笑うような声に、屈辱を覚える心と、快感を示す肉体が、ひどく乖離《かいり》している。

（いつも、こうなんだ）

自分でも、どうしようもない。本来の性癖は、被虐趣味で、ひどく扱われるほどに興奮する。心ではそれを憎み、抵抗しているのに、体の反応は隠しようがないのだ。

「馬鹿にしたけりゃ、しろよ……こういう体なんだから、仕方ないだろ」

「それでよく男役専門だなんて言っていられましたね。美少年相手に攻めてるだけじゃ、確実に物足りなかったでしょう？」

「いいんだよ……心が満たされるんだから」

「それよりも体が満足した方がいいですよ。何も考えられなくなりますから」

脇《わき》の下に手を入れられ、子供にするように立たされる。

「俺の服、脱がせて下さい」

「はあ？　……もしかして、幼児プレイ？」

「違いますよ。あなたの変態パトロンと一緒にしないで下さい」

本当にこの男はパトロンが嫌いらしい。ボロクソに言われながらも、一部が変態であることは否定できないので、映は不機嫌になりながら、言われるままに雪也の服を脱がせていく。

上質なジャケットを脱がせ、きっちりと締まったネクタイを器用に解く。ワイシャツのボタンを外していくと、露《あらわ》になった逞しい胸元に、あの夜のしかかられた重さを思い出し、目が潤んでしまう。

「……慣れてますね」

「御陰様《おかげさま》で」

「あなたの口、精液臭いです」

「あんたが飲ませたんだろうがよ」

「掃除しますから、口を開いて」

脱がせている最中なのに、顎を摑《つか》まれて深く口付けられる。

「ん……っ、んう、ふ」

「まずいなあ……。よくこんなもの飲めますね」

人に強制的に飲ませておきながら、ひどい言い草だ。

雪也は映の唇を貪《むさぼ》りながら、自ら服を脱いで全裸になる。そして、映の服も素早く脱がせてしまう。

(慣れてるのは、あんたの方だろう)

情事の手管《てくだ》も、人を貶《わとし》めながら興奮させる言い方も。

雪也は映の舌に自らのものを絡め、吸いつきつつ、両手で裸の肌を愛撫《あいぶ》する。冷えた室内の空気に縮こまった胸の先端をなぞられて、思わず腰が跳ねた。

「んあっ！　あ、やだ……あ、はぁ」

「あなたは……本当に、敏感ですよね……どこもかしこも」

その反応が気に入ったのか、雪也は両手で執拗《しつよう》に乳首を愛撫し始めた。

乳輪を丸くなぞり、指の腹で乳頭を転がす。形を持ったそこを親指と人差し指でつまみ、こりこりと強めに揉まれる。

「あうぅ、あ、やだって、そこ、ばっか、痛い……」

「俺が思うに……あなたは、少し痛いくらいの方が好きなんじゃありませんか？」

「そ、んなこと、ねぇよ……っ」

「そう。あなたはそう言って、否定してばかり。あの夜も教えてあげたでしょう？　気持ちいいときは、いいって口に出して言った方が、もっと気持ちよくなれるんですよ？」

出来の悪い生徒を叱《しか》る教師のように、優しい声で諭《さと》す。

「ほら、言って。気持ちいい、って」

「嫌、だよ……、別に、そんなとこ……」

「だって、あなたのここ、もうこんなじゃないですか」

腰に実り立つものを軽く指先で弾かれて、熱い吐息が漏れる。

「あの日もそうでしたよね……俺は指一本あなたのここに触れなかったのに」

「あんたが……男のもん、触るの嫌ってだけなんだろ」

「違いますよ。あなたのならいいです。可愛いですからね」

見せしめのように強く握られて、ヒッと息を呑《の》む。

「ただ、あんまり直接的なんじゃ、楽しくないでしょう？　あなたはせっかく、想像で達せるくらい淫乱《いんらん》な体みたいですから」

「悪趣味、な奴だな……」

「それとも、ここはもっと違う楽しみ方をしてみましょうか？」

雪也はサイドボードを探り、妙な器具を取り出した。シルバーの細い棒状の先端が二股《ふたまた》に分かれ、短い方の先に錫杖《しゃくじょう》のような輪がついている。

「これ、知人に貰《もら》ったものなんですけど、当然俺はこんなもの使う趣味ないのでお蔵入りしてました」

最初映にはそれがなんだかわからなかったが、雪也の口ぶりで、その用途を察し、ざわりと肌を粟立《あわだ》てた。

「でも、あなたならどうでしょうね？」

「や、やめろ……そんなの……」

「もしかしてこっちは経験ありませんか？」

雪也は下衆《げす》な笑みを浮かべ、映のものの先端をなぞる。

「だったら、ぜひとも俺が最初の男になりたいですね」

「嫌だ、無理っ……！　やめろ！」

「本当に嫌なら萎えるはずでしょう？　むしろあなたのここは、期待で濡《ぬ》れてきたじゃありませんか」

「違う、そうじゃないッ！」

どんな言いわけも虚しかった。雪也の言う通り、そんなところに入れられることを想像して、未知の感覚を思って興奮したのだ。

「暴れたら痛いですよ。大人しくして下さい」

「ぐ……っ」

雪也は映の陰茎を摑み、先端を慎重に尿道へ押し込んでいく。雪也の手の中にあるときは細く見えたものが、いざ尿道に入り込もうとしているのを見ると、恐ろしく太いものに思えた。

「あっ……、うあっ」

「動かないで」

ずる、と入ってくる感覚が、恐ろしく鮮明で、目の前に火花が散る。

「や、やっぱ無理だあ！　い、ってぇ……、あ、待っ……！」

「大丈夫ですよ。もうすぐ全部入りますから」

「そ、んなっ！　あぐ、あああっ」

焼け付くような痛み。神経を直接擦られているような、鋭い感覚。

「ほら、入りましたよ」

「ふ……、うぐ……」

とうとう全てが埋め込まれ、輪を亀頭の下に通されて、固定されてしまう。

性器の中心を、冷たい無機質な棒で串刺《くしざ》しにされる感覚。もう摩擦の痛みはなくなっているものの、その圧迫感や、不思議にむず痒《がゆ》いような、逃れようのない、じわじわと襲い来る甘い悦楽に、映は困惑した。

「う、うっ……これじゃ、射精、できねぇじゃねえかよぉ……っ」

「そうですよ。でも、あなたは射精しなくたって達するんだから、いいじゃありませんか」

「そんなの……ッ」

「それに……これは、お仕置きの意味もあるんですからね。気持ちいいばかりじゃなくて、多少は苦しんでもらわないと」

「お、お仕置き……？」

「そうですよ。あなたが無茶なことしたせいで、俺だって苦労したんですから」

そう言われてしまえば、もう何も言えない。

助けてもらった礼がしたいと言ったのは自分だ。お仕置きをして下さいと言ったわけではないけれど、雪也のしたいことを全て呑み込まなければ、礼をしたとは言えない。

「悪、かった……あんたのしたいように、してくれよ……」

「いきなり従順になりましたね。なんだか気持ち悪いです」

「テメェ、俺がせっかく素直になってやってんのに」

「まぁ……あなたの値段は五千万でしたから、そのくらいは返してもらいたいものですけど」

「ご、ごせんまん⁉」

驚愕《きょうがく》の値段に、映は目を瞠《みは》った。

「な、んだそれ……。まさか、俺を助けるために……？」

「はい。多分、あなたがパトロンに与えられていたマンションも、それより少し上かそんなもんだと思いますよ」

「あんた、そんな金……マジで払ったのか」

「はい。交渉の途中で俺の顔を知っている幹部の方が来て、いらないと言われたんですけれども、一応置いてきました。後腐《あとくさ》れのないように」

「……顔、知ってるって……」

驚きはない。以前からこの男に暗いにおいは嗅いでいた。

「あんた……やっぱ、ヤクザ、かよ……」

「違いますよ。……ですけど、俺と同じ顔をしたヤクザはいるんでね。恐らく、そっちと間違えたんでしょう」

「同じ顔……」

「そいつは普段から随分と気性の荒い男なんで、相手も怒らせたら怖いと思ったみたいですね。……本当は、案外、情の深い奴なんですけど」

その口ぶりに、映は雪也が家族のことを語っているのだと、何となく思い至る。遠いようで、誰よりも近い。切っても切れない縁、といった、懐かしさや諦めの混じった口調。恐らく、自分が家のことを語るときも、同じ調子なのではないかと思う。

「俺は……ヤクザじゃありません。少なくとも、違う生き方をしたい、と思っていました。あなたと同じように」

映はハッとしたように雪也を見つめる。

「一晩多く見積もって五万円だとしても、千回は俺と寝てもらわなきゃいけないですね。あなたが礼をしたいと言うのなら」

「……んだ、そりゃ。こんな変態プレイ、千回、って……」

「あなたが頑張って俺に毎日奉仕すれば、三年足らずで終わりますよ」

「ば、馬鹿野郎！　こんなこと、毎日できるかっ」

「毎日しないと期限が延びるだけですけど。利子をつけるなら、期間が長くなるだけ不利ですね」

「毎日とかあり得ねえし……クソする暇もねえじゃねぇか」

「……本当に、あなたは口汚いな」

「んぐっ」

乱暴に、指を口の中に突っ込まれる。

「見た目は美しいのに毒を持っている花のようで、まあ悪くはないですが」

「……なんか、あんたの比喩《ひゆ》表現って、俺のアニキ思い出す」

「つまらないこと言ってないで、奉仕再開して下さいよ」

映の頭をぐいと股間《こかん》に押し付ける。長いお喋《しゃべ》りの間も、そこは一向に萎える気配がない。

フェラチオを再開した映の尻に、腕を伸ばした雪也がローションを垂らし、肛門の周りをぬるぬると濡らしていく。その周辺への刺激だけで、腹の奥が疼《うず》く。奥までみっちりと太いものを埋められる感覚を想像して、またいきそうになる。

雪也は再びサイドボードから何やら取り出して、それにもローションをかけている。他にも何か変な玩具《おもちゃ》を使う気か、と映は少し呆れた。

「なに、するんだよ……」

「安心して下さい。女性用のローターですが、未使用ですから」

「えっ……、あっ！」

軽い圧迫感の後に、つるんと細長い形のローターが埋め込まれる。

「さすがに、柔らかいですね。経験のない男ではこうはいかない」

「ちょ……、あんた、なんか玩具持ち過ぎ……っ」

「自分で買ったんじゃないんですよ。このプラグと同じでもらったものです。こうして使う機会が来るとは思っていませんでしたが。あ、ちなみにその同じ顔をした男がくれたんですよ。顔が同じだからって、性癖も同じなわけないのに……ねえ？」

「うあ‼」

唐突《とうとつ》に、尻の中でローターが暴れ出す。バイブのスイッチを入れられたのだ。

「あなたには、色々使えそうですね」

「ううっ、こんなのばっか、いや、だあっ……あ、あ」

雪也の残酷な指が丁度前立腺《ぜんりつせん》のあるところまでローターを押し込む。規則正しい振動がダイレクトにそこへ伝わり、ペニスをしゃぶりながら映は全身を震わせた。

「ああっ、ふぁ、あ、あああ」

「こら、ちゃんとお仕事して下さい。お口がお留守《るす》ですよ」

「だ、だってえ、あむ、う、んふううう」

腹の奥から湯水のようにじんわりと甘い甘い快楽が全身に広がっていく。

ペニスのみの刺激ではこうはならない。内臓の粘膜を震わせられることで、まるでそこの感覚が四肢の先まで繋《つな》がっているかのように、足のつま先、指先にまで蕩《とろ》けるような悦楽が駆け抜けるのだ。

「うう、ふうう」

意識も朦朧《もうろう》としながら、映は懸命に太いものを頬張る。二回目なので容易には達しそうにない。

雪也のものを口に含んでいると、また体が勝手にシミュレーションを始める。前立腺を緩く叩き続けるローターの感覚も相まって、まるで本当にこれに挿入されているような気分になってくる。

「赤ん坊のおしゃぶりじゃないんですから、真面目《まじめ》にやって下さいよ」

「う、ふう……、ごめ……、は、あぁ」

映のペニスは限界まで膨張しているのに、尿道に突き立てられたプラグのせいで先走りすら出すことができない。さほど奥まで挿入されているわけではないはずなのに、まるで膀胱《ぼうこう》にまで達しているかのように、むずむずとした卑猥《ひわい》な感覚に苛《さいな》まれる。

「あ……はぁ……、この、変な棒、抜いてくれよおっ……、集中、できない……」

「そんなことを言って、ただいきたいだけなんでしょ？」

「それも、あるけどっ……、ちんぽ、辛いんだよお……っ」

涙でぐしゃぐしゃになった顔で懇願する。けれど雪也は赤らんだ頰を歪ませて嗤うだけで、全く聞き入れる気配がない。

「射精より、こっちで達して下さいよ。尻の方が、女みたいに何度もいけるんでしょ？」

「あっ……や、あああっ」

尻に入っていたローターのコードを引っ張られ、ずるんと腸壁を引っ張りながら入り口まで戻る。ローターの振動が敏感な括約筋を震わせ、映は泣きながら喘《あえ》ぐ。そして再びぐいと押し込まれ、今度はまた前立腺を捲《まく》り上《あ》げられて、一瞬頭の中が真っ白になった。

「ああっ！　あうう、あ、あ……」

「ほら、簡単にいった。映さんは媚薬《びやく》いらずですね。この前より感じてるんじゃないですか」

雪也の嘲りも、すでに興奮を煽《あお》るものにしか聞こえない。脳髄の蕩けるような絶頂を震えながら味わった後も、敏感になった感覚は続いている。

映は無我夢中で雪也を頰張りながら、下腹部に閉じ込められて荒れ狂う快楽に悶《もだ》えた。

雪也のものは先走りを垂れるだけで、中々射精に至らない。

「そろそろ口が疲れたでしょう。あなたが自分だけ玩具で遊んでいるから悪いんですよ」

「お、俺の、せいかよぉ……っ」

雪也はローターを出し入れするのも飽きて、全て引き抜いてその辺に放り投げる。抜かれる感触にも震えて軽く達しながら、映は脱力してベッドの上に体を横たえた。雪也はぐったりした映の後ろに回り、細い腰を摑んで、ローションで濡らした自分のものに押し付ける。

「そろそろ、こっちも楽しませて下さい」

「そ、その前に、これ、取ってくれってば……っ」

映の哀願を無視し、雪也はバックからずぶりとペニスを挿入した。

「ひ……」

ローターとは比べ物にならない太さのものにいきなり入り口を拡げられ、一瞬呼吸が止まる。

「はあっ……あぁ、やっぱりきつい……映さんの中、熱いです……」

「う、あはあっ……や、あああぁ」

そのまま前立腺の辺りまで腰を沈められ、そしてその位置で小刻みに体を揺すられる。

一気に全身の毛穴が開いたような感覚が広がり、映は絶叫した。

「やあっ‼　やだあ、そこ、あああ、だめ、だめぇ‼」

「また、それですか。ここ、いいんでしょ？　嘘《うそ》はつかないで下さい」

「そこばっかは、だめなんだってぇ‼　あひ、ひあああああっ‼」

前立腺の膨らみを極太のものでこれでもかというほど転がされ、強烈過ぎる快感に映は目を白くして泣き叫ぶ。鋭い絶頂が立て続けに襲って来るような、地獄のような快楽。ごりごりと前立腺をこねられる音が頭に響く錯覚を覚えるほどに、あまりに鮮烈な法悦だ。

「ああ！　うあああ、ひいああああっ‼」

「すごい声ですね……そんなにいいんですか」

同時に、精液をせき止められた尿道が、爆発しそうなほどに熱い。腰を揺すられる度《たび》に微妙にプラグが中を刺激し、角度を持ったペニスがその重みで下に引かれる痛みも相まって、頭がおかしくなりそうになる。

（もう、限界だ！）

このままじゃ、どうにかなってしまう。映は、プライドも何もかもかなぐり捨てて叫んだ。

「いきたいっ！　いきたいよぉ‼」

「もういってるじゃないですか。何回も」

「ちがっ……出したい、んだよおっ‼」

シーツを掻《か》き毟《むし》って、泣《な》き喚《わめ》く。プラグを埋められた尿道の僅かな隙間《すきま》から、間欠泉《かんけつせん》のように、ぴゅるっと白濁混じりの先走りが漏れる。

「仕方ないですねえ」

 ずるりとペニスを引き抜き、雪也は映の体を仰向けにひっくり返す。映の破裂寸前の陰茎が憐れに揺れ、充血した亀頭の鈴口は苦しみを訴えるようにはくはくと小さく開閉している。

「そろそろ外してあげますよ。子供を苛《いじ》めているみたいで、さすがに可哀想ですからね」

「は……、早くっ……」

「まあ、そう急がずに」

雪也は口の端をつり上げ、映の足を抱え込む。

そして、再び反り返ったものを蕩けたそこへずぐりと突き入れてしまう。

「はあっ……あああっ」

太い男根をゆっくりと奥までみっちりはめられて、映は何度目かの激しいオーガズムに打たれた。

そしてそれと同時に、尿道からプラグを引き抜いた。

ペニスが焼けるような感覚。そして、激しく突き上げる射精欲。

「ひいあああ――っ‼」

「お、っと……」

まるで粗相《そそう》をするように、夥《おびただ》しい精液が勢いよく噴き出した。腰を抱え上げられた体勢だったために、それは映の顔の方まで降り注ぐ。

「あ……、はあああぁ……」

「これは、すごいな……」

あまりの解放感に、意識が飛んだ。奥まで串刺しにされて、揺すぶられる快楽に、射精は止まらなかった。

開けっ放しの唇に、雪也がかぶりついてくる。

「気持ちいいですか？　映さん……」

「いぃ……気持ちいいぃ……」

「連続射精してますよ……まるでお漏らしみたいで恥ずかしいですね」

「うん、いぃ……あぁ、お漏らし、気持ちいい……」

焦点の合わない目を移ろわせながら、映は雪也の口づけに夢中で応《こた》える。

雪也は映の頬に飛び散った精液も舐《な》めとりながら、飢えた獣のようにその唇を貪り、舌をしゃぶり、腰を揺すった。

「普段の口汚い、蓮《はす》っ葉《ぱ》な映さんもいいけれど……こうして、快感でおかしくなっている映さんも、いいですね……」

「はあ、あ……俺、おかしい……？」

「いいんですよ、おかしくなって……もっと感じて下さい……俺を、もっと……」

これまでの加虐的な態度が嘘のように、雪也は優しくなった。蕩けるような甘い声で囁き、その声の柔らかさを裏切るように力強く腰を蠢《うごめ》かせ、熱烈に口を吸う。

「はぁ……映さん、可愛い……映さん……」

「ああ、ふああ、あ、雪也ぁ、あ、あっ」

ねばねばと動く強靭《きょうじん》な腰に脚を絡ませ、間断なく精液をこぼしながら、映は喘ぐ。

(これだ。ずっとこれが欲しかった)

最初に味わったあの夜から、どのくらい経っているのだろう。さほど長くはないはずなのに、映は雪也の体に飢えていた。

もう、認めざるを得ない。

映は雪也に心で依存し、そして体でも依存している。完全に、中毒を起こしていた。

この男が何者だろうが、関係ない。ヤクザだろうが宇宙人だろうが、どんなリスクを背負ってでも、側に置いておきたい。

映の肉体は、その心を反映するかのように、雪也の体を喜んで受け入れた。放すまいとするように熟《う》れた粘膜が絡み付き、呼吸をも食べ合うかのように、片時も唇を離さなかった。

「映さん……奥、いいですか？　奥突かれるの、好きですか？」

「ん、好きっ……あ、優しく、何回も、ずんずんって」

「強いと、だめ？」

「はあっ、あ、強いと、痛いっ……、優しくても、痛い、けど、じわじわして、気持ちいい……」

「わかりました……もっとたくさん、喘いで下さいね……」

「ああ、ふあああぁ」

雪也は映の言葉通りに、奥までずっぷりと埋めたペニスを緩く突き上げる。そうすると、痛みを示して映の眉根《まゆね》が苦しげに寄せられるが、頬が紅潮して目が潤み、同時に悦楽を感じているのがわかる。

「はあ……あぁ、いい……すごいよぉ……いいぃ……」

無我夢中で雪也にしがみつき、映は狂おしく腰を揺する。雪也が動く度に熱い悦《よろこ》びが肉を満たす。

淫《みだ》らな体は容易に快楽を得られるけれど、これほど深い絶頂が続き、何もかも悦楽に支配されてしまうようなセックスは初めてだった。

説明のつかない体験は映の心に戸惑いを生む。けれど、それすら凌駕《りょうが》するほどの官能の海に呑み込まれている。

「あぁ、映さん、いいですか、そろそろ出して、いいですか」

「ん、いい、出して、たくさん、出して」

雪也の動きが忙《せわ》しなくなる。骨が軋《きし》むほどに強く抱き締められ、押《お》し潰《つぶ》されそうな圧迫感に、熱い息が漏れる。

「はあ、ああ、出る、出るっ……」

「あ……、はあぁ……」

雪也の精が、腹の奥に注がれるのがわかる。

映はうっとりと目を閉じて、その感覚を味わった。

「ああ、いい……っ」

映は顔を歪めて、透明な液体を噴く。同時に中が強烈に雪也を締め付け、雪也は思わず情けない呻きを漏らした。射精直後の敏感なペニスには、強過ぎる感覚だ。

「ぐ、うっ……」

「あ……わり……」

「いえ、平気です……」

雪也は苦笑して、ぼうっとしている映の額に、頬に、いたわるように口付ける。映の腹は散々漏らした精液と、先ほどの透明な体液でずぶ濡れだ。

「この前も、そうでしたけど……映さん、中に出されると、潮みたいなの、噴きますよね」

「……なるべく、ゴムつけてくれ。俺、何でだかわかんねぇけど、そうなっちまうから」

「わかりました。気をつけます。だけど、その潮吹きって気持ちいいですか？」

「わかんねぇ。気づいたら出てるし……。でも、気持ちいいのかも」

「顔だけ見たら快楽の宇宙に行ってましたけどね」

「……宇宙はやめろ。余韻が台無しだ」


興奮の波がゆっくりと引いていく間、二人は繋がったまま抱き合っていた。朦朧としていた映の意識がハッキリし始めた後、一緒にバスルームへ直行する。

例によって映は歩けなかったため、雪也がお姫様のように抱えて、甲斐甲斐《かいがい》しく全身を清めてやった。

「何つーか……今更だけどさ」

「はい」

「あんた、普通に記憶戻ってるよね」

広い湯船に浸《つ》かりながら、映は雪也に後ろから抱かれている。

「いつから？」

「……記憶喪失になった、翌日です」

「ってことは、一応本当に記憶がなくなってたわけ？」

「ええ。一時的に」

雪也はあの日、夏川探偵事務所の場所を下見するために、あの雑居ビルへ向かっていた。その途中、暴漢に襲われ、撃退はしたものの途中で不覚をとって頭を殴られ、目眩が残っていた。

そのために、ビルの正面で雪に滑って転んだとき、受け身をとれず、結局同じところを強打して気絶してしまったのだ。

しかし、映の兄に頼まれてあの土地を買収しようとしていたなどと、さすがにそこまで告白することはできない。その辺はぼかして、偶然あそこで転んだ、と説明した。

暴漢は十中八九、実家の関東広域系白松組《しらまつぐみ》と敵対している黒竹会《くろたけかい》だ。雪也は家を出て自ら興《おこ》した会社を経営しているので、家業は弟の龍二《りゅうじ》が継ぐ予定だが、顔が同じなので間違われた可能性が高い。

大きな組の若頭がその辺をホイホイ一人で出歩くわけがないのだが、チンピラにはそんな判断もつかないのだろう。

時たまこういった災厄に見舞われるので辟易《へきえき》していたが、今回ばかりはそれが功を奏した。

記憶を失っていたのも、演技でできることではなかった。最初の一日だけで翌朝起きると記憶は回復していたが、思いがけず映がそれを気に入っているようだったので、そのまま続行したのだ。

「そっか……。じゃあ、二日目以降は、記憶が戻ってたけど、ないふりしてたのか」

「騙していて、すみませんでした」

「まあわかってたけどな。二日目からなんか違ってたのは」

「気づいていたんですか？」

雪也は瞠目《どうもく》する。これまで油断の多い場面を見てきたせいか、さほど勘の鋭い人だとは思っていなかった。

「最初は、なんだったかな。確かゲイクラブで、『楽じゃないですね。探偵業も……』って、あんた言ったんだよ」

「それで……どうして？」

「だって、自分も何かの仕事をしてなくちゃ、比較できないし、そんなこと言えないだろ。だから、自分の仕事は思い出したのかと思って」

「……なるほど」

「ていうか、どうして記憶のないふりなんか続けてたんだ？」

「……あなたに、興味が湧《わ》いたので」

「はは、何だよそれ」

映は笑ったが、雪也の言葉を信じたわけではないだろう。半分は本心だ。しかし、映はそれ以上追及しようという気もないようだった。

「とりあえず、一つだけ聞いていいかな」

「はい」

「あんたの本名って、どんなの？」

「……白松龍一《りゅういち》です」

「へえ。やっぱり白松か。名前も、いかにもヤクザっぽいな」

「そうですか？」

「うん。何か、任侠《にんきょう》っぽい」

任侠と言われるとなんだか聞こえがいいような気もするが、所詮はヤクザ稼業である。あの周たちを拉致《らち》して売春をさせていた彼らと何ら変わらない、同じ存在なのだ。

「ヤクザっぽい奴が側にいるなんて……嫌ですよね」

「いいよ。どうせ、明日になったら、今の話、全部忘れてるから」

「は？」

思わず聞き返すと、映は首を曲げて雪也を振り返る。

「あんたは、『如月《きさらぎ》雪也』だ。自分が宇宙人とか言ってる、変な奴。俺は他のことは知らない。……それでいいだろ？」

一瞬、言われたことの意味がわからず、ぽかんとしてしまう。

けれど最後に、雪也が笑みを浮かべて頷いたのは、言うまでもない。

三つ子の魂百まで

それから、映《あきら》の生活は激変した。

事件解決から一夜明けて、朝食のテーブルで、まず第一に全てのパトロンとの関係を切るように命令されてしまったのだ。

「何でだよ!?　ってか、そしたら俺の住む場所なくなるだろーが！」

「あなたはこれからここに住むんです。言ったでしょ。帰れると思うなって」

「それってそういう意味!?　宇宙基地的な冗談でなく!?」

「俺はいつでも本気ですよ」

問答無用の無表情で返されて、二の句が継げなくなる。

「それに、これから九百九十九回、頑張ってもらわなきゃいけませんからね。他のパトロンに奉仕している時間があると思いますか？」

「ぐ、う……っ。あれも、マジだったのかよ……」

「マジですよ。大マジです。とは言っても、さすがに毎日だとあなたの腰がどうにかなりそうなんで、そこは考慮しますけど」

　これだけ強引なことを言われているのに、さも百歩譲ったような顔をされて、なんだか納得がいかない。

「言っとくけど、探偵はやめねぇからな。俺の生き甲斐《がい》なんだから！」

「ええ、もちろん続けて下さい。俺も今まで通り、手伝いますから」

「え、ほんと……？」

　意外な返答に、映は目を丸くした。

　雪也《ゆきや》が手伝ってくれるのは大変ありがたい。しかし、ふとこの億ションを見回して、この金がどこから出ているのか不安になる。

　そしてダイニングルームの壁に堂々とかかっている、あの数分で描いた中年男の似顔絵が大仰な金縁の額に飾られているのを見て、一瞬で頰《ほお》がゲッソリと瘦《こ》けた。頼むからやめてくれと何度足に縋《すが》り付《つ》いて懇願しても、雪也はあの絵を外してくれない。こんなことになるのなら全くの別人でも美少年を描いておくんだった。

「いや……、ていうか、あんた仕事は？　サボってて大丈夫なの？」

「はい。俺は寝てても毎年株の配当だけで数千万入ってきますから」

「……はー。結構なご身分で」

「実は、経営の大部分は、もう部下にほとんど任せてあるんです。俺は今違う新しい事業でも始めようかと準備してる最中なんで」

「え……例えばどういう？」

「絵を売買する仕事です。クラウドソーシングとかわかりますか？　うちの会社それも取り入れてたんですけど、結構いい人材が育ってきてるんです。それでデザインも事業として始めようかと」

「いや、それってどうかな。あのオッサンの絵堂々と飾っちゃう時点で、あんたのセンス的にどうかな」

「いいんですよ、どうせ好事家《こうずか》なんて変人ばっかなんですから。それに、どうせあそこは暇じゃないですか。パソコンで仕事する時間は腐るほどありそうですし」

「悪かったな。全く反論できねぇよ」

「というよりも、俺がいないと、あなた危なっかしいじゃないですか。またどっかに攫《さら》われたら面倒なんで、見張ってないと」

「んな何回も攫われねえよ」

「そうですか？　この短い期間で、少なくとも二回は拉致《らち》られてると思うんですけど」

ぐうの音《ね》も出ない。一度目はトイレの個室に押し込まれただけだが、恐らく雪也が助けに入らなければ、あのままどこかに連れ去られていた可能性もある。

「だから、今日も事務所に行かれると言うのなら、ついて行きますから」

「へーへー。どうもありがとうございます」

何もかも雪也の主導なのが面白《おもしろ》くなくて、映は不機嫌な顔でスクランブルエッグを食べる。反対に上機嫌な雪也は、コーヒーメーカーに挽《ひ》いた豆を投入し、鼻歌でも歌い出しそうな調子でキッチンを忙しく動いている。

「あ、俺、コーヒーは」

「わかってますよ。あなたの紅茶はこちらにありますから。ミルク入れますか？」

「あ、うん……ありがと」

なんというか、面倒見のいい男である。昨夜も好き放題されたものの、その後の処理は甲斐甲斐《かいがい》しくしてくれたし、身の回りの世話は全てやってくれる。

住居も提供してくれると言うし、探偵業も引き続き手伝ってくれるらしい。

（こいつ……一体、何者なんだ？）

あまりにも謎過《なぞす》ぎて、昨夜何も気にしないようなことを言ったものの、さすがに動機を探《さぐ》りたくなってくる。

そんな映の内心を知ってか知らずか、雪也は朗《ほが》らかな笑みを浮かべて挽き立てのコーヒーを飲んでいる。

「そろそろ、事務所に行きますか？」

「ああ、そうだな……」

どうせ、朝から詰めても客なんか来ねーだろうけど。

そんな言葉を押し殺しつつ、映はふらつきながら立ち上がる。そこをすかさず支えに来てくれる雪也のそつのなさが、却《かえ》って不気味だった。

＊＊＊

雪也は例のマセラティで映を事務所まで連れて行ってくれる。いつの間にか近くの駐車場まで契約していて、相変わらず抜け目ない。

（さーて。どうやって時間潰《つぶ》すかなー）

と、オヤジよろしくテーブルに脚を上げて新聞をバサリと広げたとき、予想外なほどすぐにドアがノックされた。

「あ、誰か来たみたいですよ」

「え……、マジかよ。こんな早くに？」

あまりにも稀《まれ》なことで、驚きを隠せない。

まさか、あのオカマのヤクザが意趣返しにでも来たのだろうか、と怖々とドアを開けると、そこには昨日助けたばかりの周《あまね》たちが立っていた。

「え……？　お前ら、どうして……」

「アポなしで、いきなりすみません。断られそうだったし、でも、俺たちどうしても礼が言いたくて……」

予想外の展開に、映は呆然《ぼうぜん》と立ち尽くしてしまう。まさか、昨日の今日で彼らが顔を揃《そろ》えてこんなところまで来るとは思っていなかった。

「じゃあ、とりあえず中に入って下さい」

何も言えなくなった映に代わり、雪也が彼らを中へ招き入れる。

「お茶でいいですか？　コーヒーはないんですが、それ以外なら」

「あ、何でもいいです、っていうか、おかまいなく」

ぞろぞろと事務所に入り、ソファに並んで座る様子は、かつてヤクザまがいのことをしていたとは思えないほど、従順だ。

映はようやく冷静になり、彼らの向かい側に腰を下ろす。雪也も人数分の日本茶を淹《い》れると、映の隣に腰掛けた。

「お前らがここに来てること、加代子《かよこ》さんは知ってんの？」

「あ、はい。ただ、俺らだけで出歩かせるわけにはいかないって、車で送り迎えですけど」

「いや、そうだろ。当然だ」

行方不明になっていたところを、生還したばかりなのだ。自由に外に出すわけがない。

少なくとも、兄の結婚式が終わるまでは。

「母は、今日は忙しいみたいで、日を改めるって」

「いや、別にいいって言っといて。篤志《あつし》君の式の準備とかで大変なんだろ？　落ち着いたらでいいよ」

「わかりました。伝えておきます」

　大人しく頷《うなず》く周。監禁から解放されてまだ一日しか経っていないのに、その肌艶《はだつや》は見違えるようによくなり、表情も見るからに明るくなった。

　その変わりようを見て、映は少し切なくなる。やはり、あの狭い部屋に閉じ込められて、無理矢理出張ホストをさせられていたことは、かなり彼らにとって深刻なストレスになっていたのだ。

　そのかつての非道な行いから、どんな悪環境にもある程度順応しているのかと思っていたが、やはり相当辛《つら》かったのだろう。

「なんか、説教臭くなっちまうけどよ。もうすんなよ、あんなこと。発覚したら、立派な犯罪だからな」

「はい、わかってます」

「今回見つけられたのだって、奇跡だったんだから。次に拉致られたら、もうわかんねぇからな」

「あの、そのことなんですけど」

周たちは顔を見合わせ、おずおずと口を開く。

「夏川《なつかわ》さんは俺たちと一緒に捕まってたのに、どうして助かったんでしょう」

「あー。それは……こいつ」

隣の雪也に親指を向ける。

「俺がいなくなったのに気づいて、事務所行って直談判《じかだんぱん》してくれたの」

青年たちの視線が、一気に雪也へ集中する。

「そ、そうだったんですか。ありがとうございます！」

「いや、俺は大したことはしてなくて」

「だけど、一体どんな手段で？」

映と雪也は顔を見合わせる。

まさか金で解決したとは言い辛い。そうなれば確実に加代子が支払おうとするだろうし、そんなことをさせるつもりはこちらにはない。何より探偵自身が捕まってしまったことへの代償なので、かなり格好が悪かった。

「それは、こう……こいつが、大立ち回りしてだな」

「ええ！　でも、あいつら拳銃《けんじゅう》とか持ってましたよ」

「全然、いけるいける。こいつ地でマトリックスだから。弾とか避《よ》けまくりだから。日本刀だって白刃取《しらはど》り余裕だから」

「スゲ――――‼」

「あの……映さん？」

青年たちの輝く目で尊敬を込めて見つめられ、雪也は笑顔を強張《こわば》らせる。

「ちょっとその設定、無理がありますよ」

「いいじゃねえか別に。じゃあ他になんて言やいいんだよ」

「それはこう……すごい交渉術を用いただとか」

「インパクトに欠ける。却下」

二人がボソボソと低い声で密談している間に、周たちも顔を見合わせて何かを話し合っている。

「うん、やっぱ、俺決めた」

「俺も」

「俺もだ」

などと、口々に言い始めたので、映はさすがに様子がおかしいのに気がついた。

「おい、どうした？　一体何を……」

「あのっ！」

周たちは声を揃え、一斉に立ち上がった。

そして、ソファから離れ、整列して土下座し、頭を床に擦りつける。

「俺たちを、夏川さんたちの弟子にして下さい‼」

「……はあー？」

間抜《まぬ》けな声が鼻から抜けた。

いきなり、何を言い出すのだろう。

雪也をちらりと見やると、こちらもぽかんとした顔で、揃って土下座する彼らのつむじをただ見つめるばかりだ。

「まさか、今日はそれを頼みに来たのか？」

「はい！」

力強く頷く周たちに、映は目眩《めまい》を覚えた。まさか、そう来るとは思わなかった。

「いや、弟子って、お前らな……」

「俺たち、ヤクザに拉致られたとき、もう生きて帰れないかも、って覚悟してたんです」

「だけど、夏川さんが来てくれて、そっちのスゲエ人が助けてくれて……本当に、感激したんです‼」

「お願いです！　弟子にして下さい‼」

その眼差《まなざ》しは真剣そのものだ。冗談ではなく、本当にこの事務所に弟子入りしたいと思っているのだろう。

確かに、(雪也が) 彼らの命を救ったことは事実だし、それで歳若い彼らが心酔してしまうのも仕方がない。

しかし、いきなり弟子にしてくれなどと言われるとは思わなかった。つくづく、自分はイレギュラーなことを引き寄せる体質らしい。

「いや、だってな……正直、ここはお前らに給料払えるほど余裕がねえんだよ」

「給料なんかいいんです！」

「無給で働きます！」

「雑用でも何でも言いつけて下さい！」

口々に威勢のいい声を上げる青年たちに、頭痛を覚える。まるで親鳥を見ると巣から一斉に顔を出し、口を開けて騒ぎ立てる雛鳥《ひなどり》のようだ。

「何でも、ったってさぁ……」

大体、依頼人だってろくに来ないのだ。来たとしても、映はかなりえり好みが激しい。浮気調査なら広告を打てばそれこそ降るようにあるだろうが、そんな仕事ばかりしたくもない。

ふと、映は青年たちのキラキラとした目を見つめた。

(……そう言えば、こいつらかなり美少年だったわ)

少年、と言える年齢ではないものの、その若さは映にとってかなり美味《おい》しいものに映る。

そもそも、その容貌《ようぼう》に心を動かされて受けた依頼であり、調査で彼らの行状がわかるにつれそんなことは忘れていたが、こうして顔を見てみれば、やはりかなりランクは高いのだ。

むくむくと、映の胸にヨコシマなものが芽生《めば》える。そう言えば最近はデカイ男にのしかかられてばかりで、美少年はご無沙汰《ぶさた》なのだ。常に番犬がいるものだから、夜の街で遊ぶこともできやしない。

ここに来て、映の心は揺れ始めた。

「……マジで、何でもしてくれんの？」

「はい、もちろんです‼」

「最初は、探偵業以外のことも頼むかもしんないけど？　勉強として」

「喜んで‼」

居酒屋の店員のように元気のいい声だ。周たちは映の心理には当然気づかず、希望に満ちた瞳《ひとみ》で映を誘惑してくる。

これはもう、いくしかない。据《す》え膳《ぜん》というやつだ。

そう決意しかけたとき。

「はい、ちょっと待ってね」

それまで黙っていた雪也が、突然口を挟んだ。

青年たちも驚いて、一斉に視線を雪也の方に移す。

「実は、ここには就業に関する規程があるんだ」

「え、そうなんすか……」

「最低でも五年はきちんとどこかに就職して働くこと。それでもまだ探偵がしたいと思ったら、ここに来ればいい」

思わぬ言葉に、青年たちは口々に不満を口にする。

「ええーっ。五年も……長過ぎっす！」

「何でなんすか？」

「探偵は色々なことを知っていなくちゃいけない。社会人としての生活は基礎中の基礎だ。一般の会社で働いて、その経験を積むことで、初めて社会的常識が身につく。それなしには、探偵業っていうのは成り立たないものなんだよ。世間を知らなきゃ、どんな調査だって空振りに終わる。想像力が必要なんだ。それが欠けていたら、人間を調べることなんてできやしないんだよ」

妙に説得力のある雪也の力説に、気づけば映もフムフムと頷いてしまう。ちなみに、この所長は五年どころか一度も一般企業に就職などしたことがない。

「そうですか……今すぐは無理なんですね」

「残念ですけど……そういう規程があるなら、仕方ないかな」

周たちは見るからに意気消沈していたが、雪也の話をあっさりと受け入れたようだった。

「遊びに来るならいつでも来ていいから、まずは学生の本分を頑張って、ちゃんと就職してくれよ」

はい、とガッカリした声で返事をし、三人は同じように項垂《うなだ》れた。

気が合ってつるんでいたというのは本当のようだ。さっきから三つ子のように全ての言動が揃っている。

それからお茶を飲みつつ雑談した後、三人は後ろ髪を引かれるような顔つきで帰って行った。

「いきなりびっくりな訪問でしたね」

「全くだ。悪ガキどもが、案外可愛いところもあるじゃねぇか」

「やっていたことは悪ガキで済むレベルじゃありませんでしたけどね」

確かに、その通りだ。周が女たちに売春をさせるのが次第にゲームのようになっていったと言っていたが、今回も同様にゲーム感覚だったのかもしれない。探偵なんて、胡散臭《うさんくさ》いけれど、最高にゲームになりそうな職業ではないか。実際は何日も同じ場所で張り込むなどの地味な作業の方が多いのだが。

「それにしてもよ。何であんた、あんなデタラメな規程持ち出してまで断ったんだよ」

「迷惑でしたか？」

「いや、そりゃ助かったけど……あんだけあいつら必死だったから、俺は雇ってもいいかなって思ってたんだ」

「理由、そんなんじゃないでしょ」

冷たい目でじろりと睨《にら》みつけられて、映は狼狽《うろた》える。

「あなたの顔に、４Ｐも夢じゃないかも、って書いてあったもんですから」

「お、おいおい、いくら俺でもそんなこと考えてねえよ！」

しかし、雪也にそう言われて想像してみると、そういう展開も全然アリだった。

何しろ目の前に、「何をしてもいい」という美少年が三人も勢揃いしていたのだ。なぜ自分は易々《やすやす》と指を咥《くわ》えて彼らを帰してしまったのだろうか。

「……つくづく惜しいことした」

「ほんっとうに、あなたは性欲で動いてますね！　そういう浅はかさが、トラブルを呼ぶんですよ！」

「そ、そんなに怒んなよ……」

まるでダメ亭主を叱《しか》る妻のようである。映は結婚してもいないのに、既婚者の帰宅拒否の憂鬱《ゆううつ》がわかったような気がした。

「その性欲、これからは俺が鎮《しず》めて差し上げますから、安心して下さい」

「へ……？」

気づけば、満面の笑みを浮かべた雪也に、ソファに押し倒されている。

「依頼人、どうせ滅多《めった》に来ないんですから、ここでもいいですよね？」

「いや、いやいやいや、無理だから‼　ていうかここ、壁薄いし、外にも音とかだだ漏れだから‼」

「いいですね。ますます興奮してきました」

するりと帯を解かれて、こいつは本気だと悟ると、一気に青ざめる。

「せいぜい声が堪えられるように、頑張って下さいね」

「だ、だ、だめだってば――‼」

性欲で動いているのは、どちらの方だ。

雪也の嫉妬《しっと》深さを思い知って恐怖しつつ、映は早くも諦《あきら》めの境地にあった。

だって、この事務所の前で雪也を拾ったのは自分なのだから。如月《きさらぎ》雪也という名前を与えたのも、自分なのだから。だから、何だって受け入れてやらなければいけない。

そう自分に言い聞かせ、まるで手品《てじな》のように懐《ふところ》からスルリとアナルパールを引き出した笑顔の雪也に、映は涙した。キスすらも嫌がっていた、あの初々《ういうい》しい彼はどこへ行ったのか。

「さあ、俺があなたを快楽の宇宙へナビゲートして差し上げます」
「そのキメ台詞《ぜりふ》やめろ‼」

事務所の中で映が無慈悲な侵略者と必死に戦っていた丁度その頃、その雑居ビルの前では、二人の男がそれぞれ離れた場所から、窓の『夏川探偵事務所』の文字を見上げていた。

一人の男は、オールバックに金のネックレス、白いスーツと、いかにも危険な職業のにおいを漂わせ、サングラスをかけた顔を歪《ゆが》めて笑いながら、プカプカと煙草《たばこ》を吸っている。

「ふぅん……。今度はどんな玩具《おもちゃ》、見つけたんだかなァ……俺にも遊ばせてもらわねぇとな……アイツのもんは俺のもん、俺のもんは俺のもんだからなァ」

もう一人の男は、いかにも変装してきましたという顔半分ほどを覆う大きなマスクと大きな眼鏡《めがね》をかけて、心配そうに革手袋に包まれた指を揉《も》んでいる。

「龍一《りゅういち》にはああ言ったけれど、やはり帰って来て欲しい……元気なんだろうか……愛《いと》しい俺の子鹿《こじか》……」

二人はそれぞれの野望を胸に、同時に雑居ビルに入ろうとして、初めてお互いを視界に入れた。

(何だ？　こいつは……露骨《ろこつ》に面隠しやがって……どっかのチンピラじゃねぇだろうな。人の顔ジロジロ見やがって気持ちワリィ……)

(この男……明らかに下劣な世界の人間だ。しかし、どこかで見たことはあるような気がするが……こんな趣味の悪い格好をする知り合いは俺にはいない)

双方同時に、「怪し過ぎる奴」という印象を抱く。

しばし火花を散らして睨み合った後、二人はその場を反対方向に通り過ぎ、去って行った。お互い諸事情のある身の上のため、無用の争いを避けようと、日を改めるという結論に至ったようだ。


夏川映にはたくさんの才能があった。

旧華族の血筋であり、琴の家元である母から受け継いだ気品溢《あふ》れる琴の腕。日本画家の父から譲り受けた天才的な絵画の腕。その他諸々《もろもろ》。

そして、変なモノばかり引き寄せる、トラブル体質。

そこから生まれる受難の日々は、まだまだ終わりそうにない。

〈特別番外編〉

華やかなる檻《おり》

まるで芝居《しばい》のように統率のとれた騒音だった。

異口同音《いくどうおん》に、声高《こわだか》に幾度も幾度も繰り返される賛辞。もういらないと振り払いたくなるほど浴びせられる美辞麗句《びじれいく》。

最初は嬉《うれ》しかったものが当たり前になり、次第に鬱陶《うっとう》しくなっていったのは何年前からだっただろうか。

夏川映《なつかわあきら》は顔に外向きの笑《え》みを張りつかせたまま、さりげなく人の波を掻《か》き分《わ》け、大広間を抜け出そうと試みた。慣れないスーツを着続けるのも、そろそろ限界だ。外に出て、喉元《のどもと》を締め付けるタイを緩めたかった。

今日は毎年恒例の映の父、夏川一馬《かずま》による新年会である。一馬は若い頃から賞という賞を総嘗《そうな》めにし、史上最年少で日本芸術院賞を受け、今や数々の団体の理事や会長を引き受ける日本画の第一人者と呼ばれる人物だ。毎年一月末にホテルの大広間を借り切って、関係者や知人ら、政界や財界、芸能界の著名人を招き行われるこのパーティーは、父の誇りである。夏川家の誇りでもあるのだろう。

紋付羽織袴《もんつきはおりはかま》姿の一馬の周りを、テレビでよく見る政治家や資産家、外国人のコレクター、セレブリティらが取り囲んでいる。今笑いながら喋《しゃべ》っているのは、好事家《こうずか》としても有名な現職の外務大臣だ。とんでもない人間たちと会話しているのに、一馬は口ひげを蓄《たくわ》えた精悍《せいかん》な顔いっぱいに笑みを浮かべ、実に楽しそうである。

映の父は音に聞こえた日本画家だが、気難しい芸術家というわけではなかった。人と話すことと酒を飲むことが何よりも好きな社交家だ。そんな父の嬉しそうな顔を見ていると、息子である映自身、幸福な気持ちになってくる。

けれど、映はこの場所が好きではなかった。多くの人に、多くの期待をかけられる、この場所は。

「ああ、映さん！　こんなところに」

品のいい藤色《ふじいろ》の着物を着た小柄な夫人が小走りに近寄って来る。

抜け出す前に、また捕まった。さっきまで父のように取り囲まれ盛んに話しかけられクタクタに疲れ切っているのに、今度は、今最も疲弊《ひへい》する相手が現れる。

内心辟易《へきえき》しながらも、映はそれを微塵《みじん》も顔には出さない。にっこりと微笑《ほほえ》んで、愛想良《あいそよ》く相手の言葉を待つ。

「春の院展、本当に素晴らしかったわ」

「ありがとうございます。恐縮です」

「あの深い青の色！　一体どうやって出すのかしら？　タイトルの『群青《ぐんじょう》』というのがまさにピタリとくるような色だったわ」

夫人はいかにも感じ入っているという顔で映におもねった。

「本当に、血は争えないわねえ。うちの娘なんて、私の平凡なところばかりそっくりなのよ」

「いえ、そんな。非の打ち所のない、素晴らしいお嬢様じゃありませんか」

「そんなこと！　映さんに比べたら何の取り柄《とえ》もなくってねえ。将来、足を引っ張らなきゃいいんだけれど」

このお喋りな夫人は、映の婚約者とされる宮野《みやの》瞳《ひとみ》の母親だ。

現代で婚約者などとはあまりにも時代錯誤だが、映の周囲ではそれが際立《きわだ》って不自然というわけでもなかった。封建的な家柄で育ち、伝統的な仕事に従事する両親がいて、親交のある人物らも軒並《のきな》みそうそうたる顔ぶれである。映も何の違和感もなくそこで育ち、そしてそれが特異なことであると知ったのは随分成長した後のことだった。

瞳を非の打ち所のない、と形容したのは、何も母親へのお世辞《せじ》ばかりではない。彼女は美しく、聡明で、家柄もよく、誰もが羨《うらや》むステータスを持っていた。映から見ても本当に素晴らしい女性であり、あまりにも自分には不釣り合いだと思うほどだ。

「申し訳ありません、また後ほど」

まだ喋り足りないという顔をしている夫人を何とか振り切り、映は歩き出す。

まるで星々を掻き集めたような豪奢《ごうしゃ》なシャンデリアが眩《まぶ》しい。後から後から出てくる御《ご》馳走《ちそう》と、あちこちで交わされるグラスの光が眩しい。着飾った人々の煌《きら》びやかな衣装が眩しい。こぼれる笑顔が、白い歯が、瞳が、蜜のような言葉が――――何もかもが眩し過ぎて、目眩《めまい》がする。

「映、どこへ行くの」

広間を出る寸前で、母、麗子《れいこ》に呼び止められる。美しい曙《あけぼのいろ》色の加賀友禅《かがゆうぜん》に瑠璃色《るりいろ》の帯を締めた麗子の艶麗《えんれい》な姿に、映は一瞬目を細めた。その子猫のように甘えた目鼻立ちの小作りな白い顔は、息子である映とよく似ている。並んでいるとまるで姉弟のようだと言われるほど若々しく、どこか少女のようなあどけなさがあった。

それはひとえに彼女の育ちによるものなのだろう。ちょっとした所作にも気品があり、浮世離れした優雅さがある。我が母ながら、（この人は現代では絶滅危惧種《ぜつめつきぐしゅ》のお姫様だな）と、そのおっとりとした表情を見つめながら映は思った。

「少し人ごみに酔ったんだ。外の空気を吸ってくるよ」

「まあ、こんな雪の夜に。そんな薄着じゃ風邪《かぜ》をひくわ」

「母さんこそ、こんなところにいていいの。もうすぐお弟子さんたちの出番じゃない」

映の言葉に、「あら、そうだったわ」と麗子は足早にステージの方へ向かう。

映の母、麗子は羽林家《うりんけ》に連なる旧華族の血を引いており、家業であった琴を今に引き継ぐ大きな流派の家元である。毎年のこの宴《うたげ》でも弟子たちに演奏させるのが慣例となっており、幼い頃から母に手ほどきを受け、すでに師範の免状を受けている映も、その腕前を披《ひ》露《ろう》したことがあった。けれど、もうそんな機会はないだろう。

（あと少しで、卒業だ）

この、眩過《まばゆ》ぎる世界からの、卒業。

大学を出て学生を終えたそのとき、自分の本当の人生が始まるのだ。

「本当にいいのかい。映君」

三池宗治《みいけそうじ》はビン底眼鏡《めがね》の奥の小さな瞳をしきりに瞬《まばた》きさせながら、気遣わしげに首を傾げた。

「まだ、誰にも言っていないんだろう。それならば、引き返せるよ」

何度も相談を重ねてきた映の探偵の師匠は、これが最後の説得とでも言うようにいつになく真剣な口調である。

「僕はまだ覚えている。君が高校生のとき、初めて出した院展で入選という快挙を果たし、一馬さんが泣いて喜んでいたのを」

それは映も覚えている。賞などの類《たぐ》いに興味のなかった映はその価値もわからなかったが、父が今までにない喜び方をしていたので、それが大層《たいそう》なことであると知ったのだ。

「それから彼は、君が自分を上回るスピードで数々の賞を勝ち取っていくのを、非常な期待と情熱を持って見守り、何より誇りに思っていた。彼のアトリエには、君を取り上げた新聞や雑誌の記事が切り抜かれ大切に飾られているし、君を取材したニュース番組などは全て録画されている」

「知っています」

「君は、一馬さんのその期待を、愛情をわかっていて、それでも家を出たいと、そう言うのかい？　もちろん、一馬さんだけじゃない。君はお母様にまで後継ぎにと所望されているほどの人物じゃないか。数々の演奏会でその琴《こ》の腕を評価され、英国大使夫人を初めとした幾人もの要人までが君に教えを受けたいと請うている。宮様の御前で演奏する栄誉を与えられたのは、君がまだ十代の頃のことだったね」

人からこうして切々と語られると、なるほど、自分は大層な人物なのだと思えてくる。しかし、それらの功績はただ風のように映の心をすり抜けていくだけなのだ。

「僕は思うよ。君は選ばれた人間なのだと。誰もが願って止《や》まない、素晴らしい才能の数々を、君は生まれながらにして持っている。そして、多くの人間が君を愛しているんだ。君は、それらを全て捨ててしまうのかい？　考え直す気は……」

「いいえ、三池先生」映は静かに頭を振る。「俺はもう、決めたんです」

今更《いまさら》、何を言われようと変わりはしない。もう仮面を被《かぶ》って生きていくのは嫌なのだ。

何もかも、気がつけば随分遠くまで線路を敷かれていた。強制されたわけではない。ただ、自分には可能性があったのだ。だから、期待されていた。

けれど、それは自分の望むものではない。自分はそんな大きな期待をかけられるほどの人物ではない。誰よりもそれをわかっているのは自分自身だ。そして、その苦悩を全て誰かに打ち明けたことは一度もなかった。大勢の人に囲まれていたにもかかわらず、ひどく、孤独な日々だった。

そう、映の人生を大きく狂わせることになったあの忌《い》まわしい日々も、映は小さな胸ひとつに閉じ込めてきたのだ。あまりにも輝かしい、鮮やかなこの家の雰囲気が濁ることを嫌って。

「そうか……。わかった」

三池は残念そうに視線を落とす。彼が昔から夏川家に出入りしている父の友人であることも知っている映には、その複雑な心情が理解できた。

三池は五十代半ばというまだまだ働き盛りの年齢だが、かつて警視庁のエリートだったにもかかわらず、とある事件の怪我《けが》で早期退職した人物である。現在の探偵業は趣味でやっているものだが、そのきっかけは高校時代の同級生だった一馬への脅迫事件だった。それを見事に解決したこともあり、映はずっと三池を探偵の師匠として崇《あが》めてきたのだ。

その二重の意味での恩人と言える人物に心労をかけていることが、映には心苦しかった。

「先生には、ご迷惑をおかけします」

「いいや、迷惑などではないよ。ただ、最初から言っているように、僕には仕事を教えることしかできない。この先の生活は、君自身が切り開いていくんだ」

「もちろんです。それが、俺の望みですから」

そう。映は、あの家から、あの名誉から、あの期待から離れたかった。何もかも、新しい生活を始めたかったのだ。

そのことを考え始めたのは、いつ頃のことだろうか。恐らく、当時最年少で、初めて展覧会で賞を受け、両親の知名度や映自身の容貌《ようぼう》のことなどもあって、一時的にメディアが騒ぎ立てた頃からかもしれない。

あまりにも強いスポットライトを浴びせられて、違和感を覚えたのだ。映が通っていた高校は全国的に名の知れた進学校であり、美術の専門ではなかったこともあって、学校でもたちまち有名人になってしまった。何しろ、映は学校でも成績優秀であり、何もかもをそつなくこなしていた。それが更にこんな脚光を浴びてしまっては、もはや偶像に近い、現実離れした存在になってしまう。

注目されることが嫌なのではない。ただ、自分はそんな人間ではないのに、と強い反発を感じたのだ。自分は、何かを必死に頑張ってきたのではない。勉強も、日本画も、琴も、何もかも、ただ教えられるままに学んでいっただけのことだ。それがここまで評価されてしまうことに、恐怖も覚えていた。それは、説明のつかない恐れだった。

　それ以来、暇さえあれば逃げ出すことばかりを考えるようになってしまった。そして、いつしかその考えは揺るぎないものとなり、大学卒業を間近に控えた今、決行しようと思い立った。

　婚約者の存在も、また映を逃走へと誘《いざな》う一因となった。女性を愛せなくなったこの体では彼女が不幸になるばかりだし、自分もまた永《なが》く罪の意識に苦しめられることになるだろうから。

　映の心を変えられないことを知った三池はしばらく考えあぐねていた様子だったが、おもむろに立ち上がり、机の引き出しから茶封筒を取り出した。そしてソファに座る映の前に、それをついと差し出す。

「取っておきたまえ」

　その言葉に、初めてその封筒に入っているものを悟って、映は慌ててそれを三池の方へ押し戻す。

「そんな。先生、これは受け取れません」

「しかし、君は無一文で出て行くつもりなんだろう？　せめて、このくらいは……」

「大丈夫です」

　映は頑《かたく》なに首を振った。

「俺には、ちゃんとアテがありますから」

三池はキョトンとして、映の顔を見つめた。その真《ま》っ直《す》ぐな眼差《まなざ》しを受け止め切れず、映は少し笑って、視線を外した。


「映。君の描く月はいつも欠けているね」

真っ白な壁に飾られた映の絵を眺め、男は不思議そうに問うた。春の院展で賞を受けた『群青』という名の、ただ暗闇《くらやみ》に月が浮かぶ絵だ。目を凝《こ》らしていると、次第にその周囲の木々や、水や、生き物たちの存在が見えてくる仕組みである。全てを照らす唯一の光は、今にも消えてしまいそうな、うっすらとした眉月《まゆづき》だ。

「どうしてだい。満月は嫌いなのかな」

「ええ、そう。満月の夜は、狼男《おおかみおとこ》になっちゃうから」

「これは、可愛らしい狼男もいたものだ」

男は声を上げて笑った。君にならば食われてもいいな、などと嘯《うそぶ》き、映の腰を撫《な》でた。

欠けた月は映自身だ。満ちることなどない、永遠に欠けたままの月。

太陽に照らされ輝く白い肌だけを人は見るのだろう。本当は、その陰にあるものこそ、映自身だというのに。無論、光も映の一部であるに違いない。けれど、その眩いほどの輝きは映自身にすら本物の光かどうかわからなくなっている。

「君の描く夜が、私は好きだよ」

男の声に熱がこもる。

「君自身の夜の魅惑には、到底敵《とうていかな》いはしないがね」

「……ありがとうございます」

そして、ここではその陰の映を求められている。映にとって、それはいいことでも悪いことでもない。ただ、光の部分ばかりを求められていた頃よりは、自然な状況だというだけだ。

(俺は、裸になってでも、一人で生きる)

ありのままの自分でいられるのなら。男娼《だんしょう》の真似事《まねごと》をしても、隠し事の多過ぎたこれまでの生き方よりは、よほど楽だから。

何よりも、自分は『これ』が好きなのだ。なくては生きていけない。そういう体にさせられた。だから、一石二鳥とも言えるのかもしれない。

学生時代にもそういった相手は常にいた。映は男役であることを好んだが、時々は女役になれる相手も求めた。体が要求するからだ。後腐《あとくさ》れのないよう、相手は慎重に選んではいたが。

(あのことがなければ、俺は今でも光の道を、何の疑問もなく歩んでいけていたんだろうか)

時折、ふっとそんなことを考える。恐らく、そうだったのかもしれないし、もしくは、今とも全く違った別の道を選んでいたのかもしれない。どちらにせよ、もしもの話など、いくら考えても仕方のないことだ。

映は今紛《まぎ》れもなく自由だった。敵もいれば危険もある外の世界だが、檻の中で暮らすよりも生き生きとした生活を送っている。

数多《あまた》の期待を切り捨てた罪悪感がないわけではない。けれど、世間はすぐに自分を忘れるだろう。家族はそういうわけにはいかないだろうが、記憶は次第に薄れていくものだ。こんなろくでなしのことなどなるべく早く記憶から消し、輝かしいままのあの世界で幸せに暮らして欲しいと願っている。映にとっては息苦しい檻としか思えなかったが、彼らにはあの場所が何より快適な住処《すみか》に違いないのだから。

(俺は本当に、クソ野郎だな)

捨てた後だからこそ、自覚する。恩知らずの、薄情者の、裏切り者の、クソ野郎。

それでも自分は今、人生を謳歌《おうか》している。映はそう感じていた。

あとがき

こんにちは。丸木文華《まるきぶんげ》です。

『記憶喪失男拾いました　～フェロモン探偵受難の日々～』（すごいタイトル）いかがだったでしょうか。

今回のお話は最初からシリーズものとして出すのも初めてですし、また探偵ものと呼べる内容も初めてだったように思います。主人公が真面目《まじめ》に探偵していたかどうかは少し疑問ですが……。


今までにも何回かどこかでお話ししていると思うのですが、私は昔から探偵ものが好きで、小学生の頃は図書室の小林少年探偵シリーズを読み倒し、金田一耕助《きんだいちこうすけ》やポアロ、ミス・マープル、三毛猫ホームズシリーズなども大好きでした。ゲームの『かまいたちの夜』に衝撃を受け、それはゲームシナリオを書きたいという動機のひとつにもなりました。

私が探偵もの、もしくはミステリが好きなのは、その細かいトリックというよりは、犯人がなぜそういった犯行に及んでしまったのかという背景に興味があり、その複雑な人間模様が読みたかった、というのがいちばんの理由です。なので、読んだ本のどれも密室殺人などのトリックはあまり覚えていなくて、そのドラマばかりを覚えています（笑）。

それじゃ探偵ものである必要がないのではないかと思われるかもしれないのですが、探偵は大抵の場合その事件が起こる舞台からすれば「異物」であり、侵入者に過ぎません。関係者ではなく他人であり、外から入って来た人間なのです。それが、無遠慮にその世界を探り、絡まった糸を解きほぐしていく、その快感。覗《のぞ》き見趣味、窃視《せっし》に近いものがあるかもしれません。主人公である探偵と一緒になって、その世界の秘密を暴いていくのがとても気持ちよかったのです。

変態的探偵語りはさておき、主人公が同性愛者である、という設定のお話を書いたのは、これで二冊目だったと思います。

私がBLを好きなのは、異性愛が当然という世界での、あえての同性愛という禁断の要素であって、特殊な世界観でもない限り男女が恋愛して当たり前、という舞台が不可欠でした。許されない愛という設定から生まれる苦悩や背徳感が好きなので、以前同性愛者を主人公にしたときも、彼は自分が同性愛者であることをひどく悩んでいたのです。

けれど、今回の主人公はあまり悩んでいないので（相手には少し葛藤《かっとう》がありますが）その点、同性愛者であっけらかんとしている、という作風も初めて書いたような気がします。コメディ調というか明るい雰囲気なので、私自身楽しく書き進めることができました。

最初のプロットを見てみると、「ゆるふわ探偵物語」と書いてあり、そのプロットの通りにいったのかどうか若干首を傾げるところではあるのですが、この話を書こうと思ったときから明るい雰囲気の内容にしようと思っていたらしいです（プロットを出したのはかなり前なので覚えていないのです…）。しかも雪也《ゆきや》が本当に宇宙人だったという……あ、あとがきから最初に読まれる方はこれネタバレですよね。見なかったことにして下さい……というほど大したネタバレでもないのですが。

シリーズものということで、名前だけ出てきた人物やまだ謎の設定も多過ぎて、奥歯に物が挟まったような読後感の方も多いでしょうが、気長に次をお待ち頂ければ幸いです。それぞれのキャラが濃いので、書いているうちに勝手に動き出してしまったりするのですが、次回は更《さら》に色々な意味でぐちゃぐちゃな話が書けたらいいなあと思います。

タイトル通り、主人公の映《あきら》は変なフェロモンが出ているゲイという設定なのですが、相《あい》葉《ば》先生の描いて下さった映がまさにフェロモンという感じの色っぽさで素晴らしかったです。雪也もそれを上回るフェロモン男で、本当にイメージ通りでした。

早くも次の話の挿絵が待ちきれません！

最後に、この作品をお手に取って下さった皆様、濃厚フェロモン絵を描いて下さった相葉先生、いつもお世話になっている編集のIさん、ありがとうございます！

また次回のお話でお会いできたら嬉しいです。

『記憶喪失男拾いました　～フェロモン探偵受難の日々～』、いかがでしたか？
丸木文華《まるきぶんげ》先生、イラストの相葉《あいば》キョウコ先生への、みなさまのお便りをお待ちしております。

丸木文華先生のファンレターのあて先
〒112-8001　東京都文京区音羽2-12-21　講談社　文芸シリーズ出版部「丸木文華先生」係

相葉キョウコ先生のファンレターのあて先
〒112-8001　東京都文京区音羽2-12-21　講談社　文芸シリーズ出版部「相葉キョウコ先生」係

N.D.C.913　266p　15cm

丸木文華（まるき・ぶんげ）
6月23日生まれ。
ストーブの灯油が切れたのでエアコンをつけ、同時に風呂を入れていたらブレーカーが落ちました。オール電化の弊害か……。

講談社X文庫

white heart

記憶喪失男拾《きおくそうしつおとこひろ》いました　～フェロモン探偵受難《たんていじゅなん》の日々《ひび》～

丸木文華《まるきぶんげ》

●

2014年3月5日　第1刷発行
2016年12月15日　第5刷発行
定価はカバーに表示してあります。
発行者――鈴木　哲
発行所――株式会社　講談社
東京都文京区音羽2-12-21 〒112-8001
電話　編集　03-5395-3507
販売　03-5395-5817
業務　03-5395-3615
本文印刷－豊国印刷株式会社
製本――株式会社国宝社
カバー印刷－半七写真印刷工業株式会社
本文データ制作－講談社デジタル製作
デザイン－山口　馨

ISBN978-4-06-286811-2